PANDORA, EL DESTINO DE LA HUMANIDAD

POL GISE
PANDORA, EL DESTINO DE LA HUMANIDAD

temas de hoy

Aviso de contenido: Este libro contiene escenas de violencia sexual y material sensible que podrían herir la sensibilidad de algunos lectores.

Autor representado por IMC Agencia Literaria, S.L.
Edición a cargo de Gonzalo Rute
Corrección de estilo a cargo de Andrés Prieto

Diseño de la cubierta: Miriam Bauer
Adaptación de la cubierta: Gerard García Calafell

temas de hoy, un sello editorial de Editorial Planeta, S. A.
Avda. Diagonal, 662-664, 08034 Barcelona (España)
www.planetadelibros.com

Primera edición: noviembre de 2025
ISBN: 979-13-87869-31-1
Depósito legal: B. 18.150-2025
Composición: Realización Planeta
Impresión y encuadernación: Egedsa
Printed in Spain - Impreso en España

PEFC Certificado
Este libro procede de bosques gestionados de forma sostenible
PEFC
PEFC/14-38-00305
www.pefc.es

A Cheska, que tu alma juegue libre en un paraíso
al que la humanidad no pueda llegar

INTRODUCCIÓN

¿Y si los humanos fuimos creados para adorar a los dioses? Imagínate que eres un ser eterno, omnipotente, omnipresente, capaz de crear, construir y destruir lo que te plazca, pero incapaz de recibir amor. ¿Qué harías?

Siempre he visto a los dioses como a aquellas personas que se sienten solas y deciden adoptar un perro porque se han creído aquello de que son animales dependientes, cariñosos y fieles. Con la diferencia de que un dios es demasiado arrogante como para adoptar una criatura que ya existe. Un ente inmortal no recicla. Una deidad crea desde cero algo exclusivo, sin preguntarse si está tomando una buena decisión. No ha habido un solo episodio en la historia en el que un perro haya intentado ponerle la correa a su dueño. Que yo sepa. En cambio, una criatura que nunca ha existido puede ser impredecible. Sobre todo si la creas a tu imagen y semejanza.

Estás a punto de leer una novela de ficción basada en el mito griego de la creación de los humanos, escrita desde cuatro puntos de vista distintos: Prometeo, Zeus, Pandora y Diké, los principales responsables de nuestra existencia y, sobre todo, de nuestro destino. La mitología griega contiene numerosos episodios de incesto y de violencia sexual, incluidos casos de violación. Estos relatos se presentan aquí tal y como han llegado desde la tradición antigua, sin ocultar sus aspectos más duros, pero sin escenas explícitas.

PROMETEO

1

Zeus me trata como si fuera su mejor amigo, pero siento que soy su esclavo. No hay nada peor que un jefe amable que te hace sentir mal por odiarlo, pero de quien, al mismo tiempo, depende tu bienestar. A veces pienso que no debería haberlo ayudado. Pero ¿acaso puedo ignorar mi poder? ¿Hacer oídos sordos a todas las partículas de mi ser que me decían que traicionara a mi estirpe y luchara del lado de los dioses? No lo sé. Solo sé que no pude. Y ahora estoy aquí, en el Olimpo, fingiendo que presto gran atención a las palabras de mi superior. No sé de qué habla, no lo estoy escuchando. Abro mucho los ojos cuando da la impresión de que dice algo increíble y asiento cuando extiende sus brazos, que es lo que hace al decir cualquier cosa que considera obvia mientras se ríe de sus propios chistes. Se pasea alrededor de su robusto y áureo trono, y entonces aprovecho para dejar de fingir. Desvío la mirada al cubo plateado en el que reposan sus rayos y me acuerdo de mi hermano Menecio. Intenté convencer a mi familia de que se cambiaran de bando, de que ese era el único modo de sobrevivir. Así lo presentí. Me creyeron, sí. Conocían mi poder profético y si mi cuerpo me avisaba de algo, sabían que debía hacerle caso, que era el camino correcto, aunque a veces no supiera por qué. Pero el único que me siguió fue mi hermano pequeño, Epimeteo. Atlas, en cambio, decidió luchar del lado de los titanes aun sabiendo que iba a perder. No estaba dispuesto a postrarse ante Zeus. Lo admiro por ello. Envidio, incluso, su dignidad. Ahora bien, cuando fueron derrotados, el dios de dioses no tuvo clemencia alguna y a él lo castigó obligándole a aguantar el cielo. Y ahí sigue, sujetando el prado de los astros. Ni el peso del cosmos es capaz de arrodillarlo. Menecio no tuvo tanta suerte, o sí, depende de cómo se mire. Cuando empezó el enfrentamiento, lideró el ataque de los titanes y corrió por los cielos como un loco dejándose llevar por la ira, pero no llegó muy lejos. Zeus lo fulminó con uno de los rayos de ese maldito cubo plateado. Una de las pocas armas capaz de dar muerte a un inmortal. Y ahora yo estoy aquí... trabajando para el dios que destrozó a mi familia.

—Así que te voy a mandar al inframundo con Hades.

—¡¿Qué?! —exclamo asustado.

Zeus suspira y se sienta en su trono. Su larga cabellera blanca se recoge sola antes de que apoye la cabeza en el respaldo.

—Es bastante ofensivo que me ignores mientras te intento explicar algo.

—Tiene razón, discúlpeme, yo...

—Haz el favor de tutearme, Prometeo, que somos amigos. ¿Cuántas veces tengo que decírtelo?

No se lo cree ni él. De ser así, yo no estaría muerto de miedo.

—De acuerdo. Perdón, estaba...

—Ya te has disculpado, no hace falta que lo hagas cada vez que abras la boca. Solo te he expresado mi malestar por algo que has hecho... bueno, que no has hecho, mejor dicho. —Se ríe—. Pero ya está.

No tengo claro si me intenta engañar a mí o a sí mismo. En una amistad los dos deben poder expresarse como les dé la gana y él no es capaz de dejar que yo lo haga sin interrumpirme constantemente. No soy estúpido. Zeus nunca será amigo mío, ni de nadie. Pero el miedo me avisa de que debo hacerle creer que soy su mejor camarada. Asiento y le digo que me he distraído con el resplandor de sus rayos, a lo que él responde con un gesto de orgullo antes de acariciarlos como si fueran sus mascotas.

—Es curioso que algo tan brillante sea de lo más mortífero. Y que un simple destello distraiga tan fácilmente... Por eso tengo tan buena puntería.

Se ríe de nuevo, pero esta vez la malicia envuelve sus carcajadas y siento una mezcla de rabia y terror. Necesito que pare.

—¿Qué decías...? Antes. —Cambio de tema.

Se toma unos segundos mientras su risa se desacelera y responde:

—Me siento solo.

De todas las cosas que puedo imaginarme saliendo de su boca, que se siente solo no es una de ellas. Su confesión me deja un poco impactado. De pronto, ¿Zeus necesita cariño? ¿El mismo dios que ha exterminado a más de la mitad de mi estirpe y los ha mandado sin pestañear a lo más oscuro del inframundo? ¿El mismo que durante la guerra se acostó con las titánides del bando opuesto mientras el cielo y la tierra rozaban el límite de su resistencia? ¿El mismo que viola a todas las ninfas que no quieren yacer con él? ¿Va en serio?

—¿Puedes... desarrollar un poco más...? —le pregunto con voz suave, como si fuera su terapeuta.

El azul de sus ojos se esconde detrás de sus párpados y resopla.

—No puedo ser más claro.

Tiene la inteligencia emocional de una piedra. Debo esforzarme un poco más si quiero saber qué le ocurre.

—Pues quizá el problema sea mío, Zeus, porque no entiendo cómo puedes sentirte solo cuando tienes una esposa, múltiples amantes y decenas de hijos e hijas.

Resopla de nuevo.

—Pero quiero algo más... ¡Necesito! Algo más. O distinto... —Se acaricia pensativo su espesa barba blanca y a los pocos segundos levanta la mano—. Eso. Distinto. Ellos me temen y yo deseo ser adorado.

Se me ilumina el rostro. Estoy ante la primera oportunidad de conseguir que Zeus adquiera cierta empatía.

—Que quieras eso es maravilloso, Zeus.

—¿Maravilloso?

—La solución es muy fácil.

—Lo sé, por eso te he dicho que vengas.

Tengo en mis manos la posibilidad de reinsertar a un monstruo y cambiar el curso de la historia para que el futuro no se convierta en la catástrofe que todos esperamos si Zeus sigue al mando. Estoy convencido de que ese es el motivo por el que mi poder me avisó de que me cambiara de bando, porque de lo contrario los titanes habrían sido igualmente derrotados y yo no hubiese podido convertirme en su amigo para llevarlo por el buen camino. Pero, por suerte para todas las criaturas, aquí estoy.

—Me alegra que hayas acudido a mí, Zeus. Es genial. Lo único que tienes que hacer es dar a los demás lo que quieres recibir. No te preocupes, que yo te acompañaré en el proceso. Si quieres que tus hijos te amen, ámalos; si quieres que Hera te adore, adórala; si quieres que...

Sus carcajadas interrumpen mi discurso.

—Pe-perdón, continúa, Prometeo. —Se troncha.

Uno de los dos no está entendiendo lo que está pasando y su manera de descojonarse me hace sospechar que soy yo.

—Me ha parecido oírte decir que te sientes solo porque...

—Sí, sí. Has oído bien. Pero me parece muy gracioso que pienses que voy a hacer todo eso que dices. —Ríe de nuevo.

No puedo evitar molestarme porque se cachondee de mí de esta forma después de permitir que me haga ilusiones.

—Pues no sé cómo narices pretendes que alguien te quiera si lo único que sabes hacer es aterrorizar a todo al que te acercas. Así no vas a ganarte la estima de nadie. No pretendas recibir algo que no te da la gana ofrecer, Zeus.

Se levanta del trono y camina hacia mí con paso firme y rostro serio. Temo por mi integridad, pero no puedo huir, estoy paralizado. Extiende sus brazos y me sujeta el rostro con sus grisáceas y enormes manos. Mis pies no tocan el suelo del Olimpo. Me clava la mirada en los ojos y puedo ver la peor de las tormentas en los suyos. No entiendo qué ocurre, ni por qué no puedo escapar, pero todo me avisa de que debo permanecer donde estoy, pase lo que pase.

—Exacto, Prometeo. Si yo quiero que alguien me adore con toda su existencia, antes yo tengo que dársela. —Me suelta y caigo al suelo—. Y tú me vas a ayudar.

2

—¿Cómo puedes ser tan ingenuo, hermano? —me suelta Epimeteo nada más llegar a nuestra casa.

Vivimos en el monte Olimpo, pero más abajo, lejos de los dioses.

—Contexto, por favor —le respondo.

El poder de mi hermano es completamente opuesto al mío. Yo presiento el futuro y él «postsiente» el pasado. No se da cuenta de las cosas, realmente, hasta después de un tiempo. Es un poder estúpido, si es que se le puede llamar así, pero es el que le tocó. Por eso, cuando me suelta algo de la nada, le pido que me sitúe.

—Lo de que le dijiste a Zeus que diera cariño a sus hijos.

Han pasado dos meses de aquello y no he vuelto a saber nada de él. De hecho, no he salido de casa desde entonces por miedo a lo que pueda pedirme. Como si así pudiera evitarlo... En fin, será verdad que soy un ingenuo.

—Tendrías que haber estado allí para entenderme.

—Me habría reído de ti por pensar semejante tontería.

«No te habrías reído porque no te hubieses enterado hasta pasados seis días, imbécil.» No se lo digo, pero lo pienso. Aunque a veces me dé rabia que se pase de listo, no puedo ser cruel con él. Me arrepentiría al instante y él tardaría tanto en procesarlo que la espera sería agónica. Pero no todo lo recibe con *delay.* Aunque de vez en cuando también le da el retraso con cosas menos trascendentales, como la conversación que tuve con Zeus, la mayoría de las veces le pasa con sucesos importantes que pueden alterar sus emociones. A pesar de todo, me gusta hablar con él, es mi hermano pequeño y no tengo a nadie más.

—¿Dónde has ido? —pregunto para cambiar de tema.

—Hasta el río.

—¿Había ninfas?

Arquea una ceja y me mira incrédulo con sus ojos rojizos.

Es una pregunta estúpida. Zeus se dedica a perseguir y violar a las ninfas, por lo que se marcharon del río que había en la falda del monte Olimpo en cuanto se instalaron los dioses. Pero a veces testeo a mi hermano para asegurarme de que, aunque tarde, todos sus recuerdos se instauran correctamente en su memoria.

—No deberían haber ganado ellos —dice.

—¿Crees que habría sido mejor con Cronos en el poder?

—No. Pero al menos nuestros hermanos estarían aquí y nada determinaría que mi poder es un problema y el tuyo un don.

Se rasca su despoblada cabeza. Está triste. Se refiere al tiempo. Algo que no existía hasta que, cuando terminó la guerra, Zeus castigó a su padre con empezar a contar. Antes no había pasado ni futuro, solo estaba el presente. Ya ni siquiera recuerdo la sensación de vivir sin tiempo, y cuando lo intento no le encuentro el sentido. No soy capaz de hablar del pasado en otros términos que no tengan en cuenta el tiempo. Su presencia es tan poderosa que parece que lleve desde el nacimiento de los seres primordiales, pero no. Fue un invento de Zeus.

Suspiro y le apoyo la mano en la espalda. Estamos sentados en el césped, observando a nuestro hermano mayor, que está a miles de kilómetros de distancia. Nuestros ojos lo abarcan todo y lo podemos ver, pero él no nos mira. Sus ojos apuntan al suelo y sufre en silencio.

—¿Crees que sabe que lo miramos?

—Pues claro —responde Epimeteo—. Como cuando éramos pequeños y se hacía daño ayudando a padre a intentar salir del Tártaro, pero escondía su dolor para no preocuparnos.

—¿Estás hablando de antes de que Cronos nos liberara?

—¿Acaso hemos estado alguna otra vez en el inframundo?

—Pe-pero... ¿cómo puedes acordarte? Mis primeros recuerdos son de cuando jugábamos en el monte Otris, ya en la superficie. Y soy mayor que tú.

—Me entero tarde de las cosas, pero no olvido nada.

—¡Ahí está! —exclamo dando una palmada—. Ese es tu poder. Tu memoria es inmortal.

He apoyado la mano en su hombro y se aparta molesto.

—¿Estás de coña?

—¿Qué pasa?

Resopla y se levanta.

—¿Qué he dicho? —insisto, siguiéndolo.

—Siempre haces lo mismo —responde sin detener el paso.

—No te estoy entendiendo, hermano.

Se para.

—Tu condescendencia. Esa manera de hablarme como si fuera un pobre desgraciado que no vale para nada.

—De mi boca no ha salido tal cosa...

—Pero de tus ojos sí. Como ahora. Crees que no puedo valerme por mí mismo porque proceso las cosas a un ritmo distinto que la mayoría. Un ritmo, por cierto, impuesto por el dios al que le lames los truenos. Atlas no nos mira porque se avergüenza de ti por ser un traidor y de mí por ser tan estúpido como para seguirte.

Sus palabras me duelen, pero sé que no lo dice en serio, o al menos eso intento creer. Me tomo unos segundos antes de responder para no dejarme llevar por la ira.

—Relájate, Epimeteo. —Tengo que morderme el labio para contenerme—. Lo único que he dicho es que tu memoria es tu don.

Se ríe incrédulo.

—Claro que sí, Prometeo, mi memoria es una jodida maravilla. No sabes lo agradecido que estoy de poder recordar cada segundo de mi existencia como si lo estuviera viviendo en ese maldito instante. ¡Especialmente cuando estuvimos en el puto Tártaro!

Grita tan fuerte que pierdo los estribos y le giro la cara de una bofetada. Epimeteo cae de rodillas y el monte se sacude. Jo-der. No puede ser verdad. La he cagado, pero bien. Mi hermano esta inmóvil. Con la mirada clavada en el suelo. Espero su reacción, pero no llega. Joder, joder, joder. Epimeteo, por favor, haz algo, di algo. Lo que sea. El tiempo pasa y sigue sin moverse. Se confirma lo que más temo. Me agacho a su lado, busco su mirada y nos encontramos.

—¿Qué haces? Quita, que me tapas el paisaje.

Se sienta en el suelo y me aparta. Tiene la silueta de mi mano marcada en la mejilla, pero reacciona como si nada hubiera pasado. Y es que aún no ha pasado. No para él. Es imposible saber cuándo lo hará. Con la de cosas que he aguantado de él sin perder los nervios: insultos, humillaciones... ¿Por qué ahora? ¿Por qué así? ¿Cómo puedo ser tan idiota? Epimeteo me mira de reojo y comienza a reírse.

—Mira que pensar que podrías reinsertar a Zeus... Si es que...

3

Es la primera vez que lo dejo solo desde que lo abofeteé. Han pasado cuatro días y aún nada. Ni la más mínima reacción. Espero que no suceda mientras estoy fuera, pues tengo la premonición de que, cuando lo haga, eso va a marcar un antes y un después en nuestra relación y debo estar allí para apaciguarlo. Puede que mi poder no sea concreto, pero nunca falla. Zeus me ha llevado a la orilla de un mar. Me temo que tiene algo que ver con aquello. Me ha dicho que lo observe y desde hace un rato está recogiendo tierra mojada y amontonándola lejos del agua. No sé qué pretende, solo espero que acabe rápido. No quiero tardar mucho en volver.

—¿Ves cómo el agua une la tierra?

—Sí, lo veo —respondo impaciente.

—Se pueden hacer figuritas, mira. Este eres tú.

Coge un puñado de tierra y la amontona hasta formar una escultura fálica. Se ríe. Me dan ganas de hacer algún comentario, pero me contengo, no quiero pasar ni un segundo más de lo necesario aquí. Me limito a sonreír y fingir que ha sido súper ocurrente.

—Quiero que moldees una figura que se parezca a mí —añade.

Tardo en responder. Estoy intentando adivinar si va en serio o es otra de sus gracietas. Necesito más información, no puedo hacer como que lo he entendido.

—¿Qué?

—¿Estás sordo?

Ojalá lo estuviera y pudiera fingir que no entiendo ni una sola palabra de lo que me dice. No quiero hacer un Zeus de barro. ¿Y si no le gusta? ¿Me mandará al Tártaro?

—No, perdona, es que...

—No me cuentes tu vida, Prometeo. Creo que estoy siendo muy claro con lo que quiero que hagas.

—Sí, sí... lo es... eres, lo eres, pero... ¿podrías decirme por qué me pides esto, no? Los amigos no cumplen órdenes a ciegas, los amigos se comunican.

Bastante atrevido por mi parte decirle esto, pero a veces uno debe arriesgarse para conseguir algo y yo no pienso hacer una escultura de Zeus sin saber cuáles pueden ser las consecuencias si no le gusta mi obra. Aparte de que estoy histérico y no estoy pensando mucho antes de abrir la boca. Debería relajarme.

Zeus aplasta mi mini-yo de barro y resopla.

—Quiero crear a nuevos seres que se parezcan a mí.

Se ha formado un silencio muy incómodo que parece que no vaya a acabar hasta que yo diga algo. De hecho, me está mirando como esperando algún tipo de respuesta por mi parte.

—Mmm... vale.

—¿Vale? —pregunta ofendido.

—¿Qué...? ¿Qué pasa?

—¿Eso es todo lo que tienes que decir?

—No te estoy entendiendo, Zeus... ¿Qué quieres que te diga? ¿Desde cuándo me pides opinión sobre tener más hijos?

Me mira completamente desconcertado y, acto seguido, comienza a reírse a carcajadas. Agita sus brazos llevándose una mano a la cara y dejando caer otra en mi hombro, que al hacerlo me hunde varios centímetros en la arena. Se quita las lágrimas provocadas por la risa y aún carcajea un poco más antes de poder contestar a mi pregunta.

—Qué bien me lo paso contigo, Prometeo.

—¿Me...? ¿Alegro? —Le sonrío un poco confuso.

—Quiero que esos seres los crees tú.

—¿¡Qué!? —Me tapo la boca al darme cuenta de que he gritado un poco. Carraspeo y sigo—: ¿Quieres que sea yo el que tenga hijos...? ¿Para ti?

Zeus vuelve a reírse y me golpea el hombro de nuevo. Me alejo un poco por miedo a acabar clavado en la arena. Me siento muy estúpido por no estar entendiendo su petición, lo que me produce una rabia tremenda porque si hay algún idiota en esta playa, desde luego que no soy yo.

—¡Zeus! —exclamo, visiblemente frustrado—. ¿Puedes...?, ¿por favor...?, ¿ser más concreto?

Le dedico una sonrisa impostada y agacho la cabeza en señal de agradecimiento porque doy por hecho que va a hablar claro de una maldita vez por todas.

—¡Vale, vale...! —responde con las manos en alto mientras sigue riendo—. Pero no te me enfades. No quiero que nada entorpezca tu creatividad.

—¿Para qué quieres mi creatividad?

Me agarra por los hombros y acerca su rostro al mío. Nuestros ojos están separados por muy pocos centímetros y puedo ver los destellos de su inmenso poder que alberga su azulado iris.

—Vas a moldear criaturas con tus propias manos usando la tierra y el agua que estamos pisando y se parecerán a mí, pero no serán como yo. Serán más pequeños, no poseerán tanta belleza, ningún poder correrá por su interior y su único propósito será adorarme.

—¿Y todo esto quieres que lo haga con tierra y agua?

Sonríe y me suelta los hombros.

—Tú dales forma, del resto me encargaré yo —responde mientras se aleja.

—Vale..., pero ¿cuándo empiezo?

—Ahora.

—¿¡Qué!?

—¿Tienes algo mejor que hacer? —pregunta sin ni siquiera mirarme.

«Sí —pienso—. Tengo infinidad de cosas mejores que hacer que fabricar muñecos de barro, como por ejemplo vigilar a mi hermano.» Pero no puedo decírselo. No si quiero tener la oportunidad de volver a ver a Epimeteo. No puedo jugármela, soy lo único que le queda.

—No. Claro que no.

—Eso pensaba. Ah, y otra cosa: tienes prohibido salir de aquí hasta que termines.

Sale disparado hacia el cielo sin darme tiempo a decir nada. Con su ida se forman unas nubes negras que tapan por completo la luz del carro del Sol. Un terrorífico estruendo retumba en el cielo. Está lloviendo. Bien. En pocos minutos todo será barro y podré ponerme manos a la obra. Debo darme prisa. A mi hermano le llegará la bofetada en cualquier momento y no puede estar solo cuando suceda. Mientras pienso en Epimeteo y me imagino mil escenarios futuros posibles, la lluvia se detiene en seco y las nubes desaparecen. Ya puedo empezar. Primero haré uno y lo usaré como molde para los demás, así iré mucho más rápido. Me agacho y comienzo a amontonar una gran cantidad de barro hasta tener una montañita de un poco menos de dos metros. Creo que esta altura es la idónea. Le doy forma. Primero la cabeza, luego los hombros, los brazos, las manos, las piernas y los pies. En pocos minutos tengo la estructura hecha. Me alejo un poco para verlo con perspectiva y me da un ataque de risa.

—Ay... ¡Ja, ja, ja! Que no le he hecho cuello... —digo en voz alta.

Me debato entre hacerle uno o dejarlo así porque la verdad es que está muy gracioso, pero se me pasa la tontería y cojo más barro para levantarle la cabeza. Por muy divertido que me parezca, no quiero arriesgarme a que Zeus se me enfade. Ahora sí. Me alejo de nuevo para observarlo y confirmo que está perfecto. Me pongo al lado y hago lo mismo guiándome por el anterior.

Cuando tengo la segunda estructura me entran dudas. Los miro un buen rato y siento que son demasiado iguales. No me gusta. Los titanes no somos idénticos y los dioses tampoco. Ya sé que aún no he empezado a moldear el rostro ni ninguna otra parte del cuerpo, pero no puedo hacerlos todos del mismo tamaño y forma. No quiero que sean clones. No sé si es la intención de Zeus, pero el que los está haciendo soy yo. Al segundo le acorto las piernas y al primero le pongo más barro en la parte inferior del torso y las caderas dándole una forma parecida a una pera. Eso está mejor. Me dispongo a empezar un tercero, pero me acabo de dar cuenta de que no me ha dicho cuántos tengo que hacer. Menudo descuido. ¿Por qué no se lo habré preguntado? ¿En qué estaría pensando? Por suerte hay mucho barro y se me ocurren mil formas y tamaños posibles para estas criaturas. Eso sin contar todos los rostros que puedo darles. Me vienen decenas de narices, ojos, orejas, bocas... Mi imaginación está desbocada. Las posibilidades son miles. Qué bien me siento haciendo esto, es como que me... ¿apasiona? No recuerdo haberme sentido así nunca. De hecho, no recuerdo ni siquiera por qué hasta hace un rato tenía tanta prisa. No puedo crear con presión e impaciencia, necesito calma para poder concentrarme. Tengo todo el tiempo del mundo. Ahora mismo no hay nada más importante para mí que dar forma a estas nuevas criaturas. Mis criaturas.

4

Estoy sentado en la orilla con los pies justo en el límite que alcanzan las pequeñas olas del mar, tomándome un descanso. Los dioses de los vientos me bendicen con una brisa agradable y Helios conduce su carro lo suficientemente cerca para contrarrestar el frío del agua, pero lo suficientemente lejos para no sofocarme. Momentos así hacen que me sienta afortunado de ser eterno. No sé cuánto rato ha pasado desde que Zeus se fue, pero no me importa. Es la primera vez en mucho tiempo que no tengo prisa. Es como si la Titanomaquia nunca hubiera sucedido. El contador de Cronos parece no afectarme. ¿Será que el tiempo se desvanece cuando no tienes nada más importante que hacer que lo que ya estás haciendo?

No sé cuántos he creado, pero ocupan ya toda la playa. Aunque sean muchos, no olvido ningún rostro. ¿Debería ponerles nombre? Qué estúpido..., ni que fueran mis hijos. Bueno, en cierto modo... O sea, los he hecho yo. ¿Es muy tonto considerarme su padre? Así me siento cuando los miro... y no quiero ser yo quien invalide mis propios sentimientos. ¿Me estaré volviendo loco?

—Estoy impresionada.

Me giro sobresaltado. Pensaba que estaba solo. Reconozco de inmediato a la mujer que se pasea entre mis creaciones y precisamente por eso me pongo aún más nervioso.

—¡Atenea...! —exclamo mientras me levanto—. ¿Puedo ayudarte en algo?

Me gustaría pedirle que se fuera, pero es la hija favorita de Zeus y no creo que le haga mucha gracia saber que he echado de mi taller a la niña de sus ojos.

—Papá me dijo que harías un buen trabajo, pero no imaginaba este nivel de precisión —dice observando con detenimiento el rostro de una de mis criaturas.

—Aún no están acabados. Faltan algunos detalles —apunto.

Me lanza una mirada arrogante y con un gesto señala mis pies llenos de arena.

—Con lo a gusto que estabas, nadie diría que aún tenías trabajo que hacer.

Me muerdo la lengua. Parece mentira que los que menos trabajen sean los que más exigen. Atenea es la viva imagen del nepotismo olímpico. Nació armada hasta los dientes, con la lanza y la coraza que aún hoy sigue llevando, mientras que los demás nacimos sin nada y lo único que nos dieron fue un trapo para no pasar frío. Ignoro su estúpido comentario y me dirijo a una de mis criaturas para retocarle las manos. Realmente sí que están acabadas, pero quiero dar un último repaso. O penúltimo... o antepenúltimo... los que pueda antes de que llegue Zeus. Me gusta estar aquí con ellos y nadie más, sin ningún dios que nos moleste, invulnerables al tiempo. Oigo los pasos de la dichosa Atenea acercándose a mí. Se detiene y suelta un poco de aire por la nariz. Me da la sensación de que algo le ha hecho gracia.

—Una hembra... —dice con sorna.

—¿Algún problema? —pregunto dejando entrever un poco la pereza que me produce su presencia.

Me suelta otra mirada de desprecio y me echa a un lado para observar el rostro de mi obra bien de cerca.

—No me recuerda a nadie. ¿En qué diosa te has inspirado?

Hago ademán de contestar, pero las palabras no salen de mi boca. Me acabo de dar cuenta de que... no tengo ni idea. Me sitúo enfrente de la criatura, hombro con hombro con Atenea, sin que me importe invadir su espacio personal. De pronto, estoy muy agitado y no sé por qué. Observo con detenimiento la cara de la figura y un intenso sentimiento de peligro me recorre todo el cuerpo. Siento escalofríos y dolor en el pecho. Sé que debo dejar de mirarla para detener el sufrimiento, pero algo me dice que no puedo. Mi poder. No me deja. Aun así, el dolor es tan grande que fuerzo mi voluntad y consigo desviar mis ojos, pero, sin darme cuenta, estoy caminando. Me muevo, mis pies van solos y se detienen ante otra figura femenina. El rostro es distinto al anterior, pero tampoco se parece a ninguna diosa. El dolor no hace más que crecer y diseminarse por todo mi interior y, al volver a apartar la mirada, me encuentro andando de nuevo hacia otra criatura y luego a otra y a otra y a otra...

—¡¿Se puede saber qué haces, Prometeo?! —pregunta la diosa a lo lejos.

No respondo, el dolor no me deja pensar. Quiero gritar, pero mi voz está atascada. No es la primera vez que una premonición altera mi estado, pero nunca de esta forma tan bestia. Sigo caminando por toda la playa completamente fuera de control pasando por delante de todas y cada una de mis criaturas femeninas hasta que se acaban. Me detengo, por fin, y el dolor desaparece de golpe. Estoy en la otra punta de la playa intentando retomar el control de mi respiración y a lo lejos veo a Atenea, estupefacta, con una mirada de sospecha. Percibo que tiene muchas preguntas, pero no parece que vaya a hacerme ninguna. Sin apartar sus ojos de mí, se eleva y sale propulsada hacia el cielo hasta desaparecer entre las nubes.

Sigo un poco aturdido y no tengo fuerzas para encontrar el sentido a la premonición. Me agacho con cuidado hasta tumbarme en la arena y poco a poco se me cierran los ojos. Dormir un poco me sentará bien. Antes de conciliar el sueño, un chorro de agua fría me impacta en la cara y me levanto de un brinco. Oigo unos pasos que se alejan, pero tengo agua en los ojos y no logro ver qué es. Sacudo la cabeza y me froto los ojos a toda prisa. Recupero la visión y lo único que consigo atisbar es parte de la silueta de una criatura zambulléndose en el agua.

—¡Eh! —grito.

Me incorporo y camino con rapidez hacia el mar. De pronto, un fuerte estruendo hace temblar el suelo. Me doy la vuelta asustado y a lo lejos veo a Atenea junto a Zeus. Está furioso. No me atrevo a preguntar qué sucede por miedo a empeorar la situación, así que decido esperar a que el jefe abra la boca.

—¡¿Qué se supone que es esto?! ¿Has creado mujeres?

De Atenea me lo puedo esperar, pero ¿de él? ¿Desde cuándo le ha molestado la existencia de las mujeres? Además, ¿es que en algún momento me dijo que no hiciera a mujeres?

—Claro... ¿Por qué no iba a...? —Su risa de incredulidad me interrumpe, pero sigo—: ¿Cómo se reproducirán si no?

Zeus no responde. En su lugar, señala una de las figuras masculinas, chasquea los dedos y de la arena emerge una copia exacta de él.

—¿Cuándo he dicho yo que crearas a mujeres? —añade.

—Perdona, Zeus, pero no recuerdo que dijeras lo contrario...

Ríe de nuevo y dirige una mirada de complicidad a su hija, que, obviamente, se la devuelve.

—Tu fuerte es el futuro. El pasado déjaselo a tu hermano Epimeteo.

Algo se enciende en mí al escuchar ese nombre y siento que tengo que estar con él.

—Tampoco te martirices por esto, Prometeo —dice Zeus agarrándome un brazo—. Por suerte, tiene solución. Al fin y al cabo, solo son muñecos de barro.

Sus labios forman una sonrisa terrorífica y siento cómo el dolor vuelve, pero mucho más intenso. De pronto, todas las criaturas a las que hacía un rato había mirado una por una a los ojos comienzan a deshacerse. Sus orejas, narices, labios, brazos, manos, pies... todo su cuerpo se está descomponiendo. Siento como si me desgarraran las entrañas, pero mi inmortalidad no pudiera librarme de ese terrible dolor. Entro en pánico y corro hacia ellas para impedirlo, pero no logro dar ni un paso. Zeus me tiene agarrado de un brazo y con el otro me da una palmada en el hombro que me clava en la arena. Quiero gritar, llorar, intentar escapar de sus garras, pero no oso. El peso de sus manos no es solo algo físico, es él diciéndome que me calme y advirtiéndome de que, si me muevo, el siguiente en deshacerme puedo ser yo. No lo dice, pero lo oigo. Él está delante de mí, tranquilo, con una risa incrédula, mientras yo me contengo de una forma tan bestia que puedo acabar explotando en un gran llanto de un momento a otro. Me siento como si él fuera mi padre y me estuviera diciendo cómo tengo que hacer mi trabajo. Pero ni yo soy su hijo ni él sabe lo que es ser padre, por muchos descendientes que tenga. Y esas criaturas que se destruyen delante de mis narices no eran mis hijas porque aún no tenían vida, pero iban a serlo y yo sí que iba a estar allí para ellas.

—Sabía que ibas a involucrarte en mis criaturas, pero no pensé que tanto...

No son tuyas, pienso. Las he hecho yo, tú solo las has encargado. Pero, aún lleno de rabia y roto de dolor, logro contenerme. Algún día querré vengarme y no puedo boicotear a mi yo del futuro de este modo ni de ningún otro. Tengo que agachar la cabeza, abrazar la resignación como si fueran mis hijas o lo que queda de ellas. Si algo he aprendido durante mi estancia aquí es que el tiempo puede ser un enemigo o un aliado, de mí depende. Así que... paciencia.

—No te lo tomes así, amigo —sigue Zeus—. No es nada personal, simplemente quiero ahorrarme discusiones con mi esposa. —Se ríe—. En verdad tendrías que estar agradecido, Prometeo. Si no las desintegro yo ahora, lo hará Hera cuando tengan vida, por miedo a que las deje embarazadas. Y créeme que será peor. Ya sabes cómo se pone cada vez que tengo descendientes con otra... —Me da un codazo cómplice y vuelve a reír.

Lo sé porque lo sufrimos todos. Cada vez que Hera se entera de una infidelidad es como si su marido nos hubiera traicionado a todos. No deja a nadie en quien buscar unas palabras cómplices, o un golpecito anímico en la espalda, o cualquier gesto que le permita verificar que sigue siendo una víctima y no una sádica por volcar sus celos en las amantes y los bastardos de Zeus en vez de en él mismo. Y parece ser que estos nuevos seres también van a verse afectados de un modo u otro por sus peleas. Tengo que pausar mi cabeza. Cuanto más pienso más dudo. ¿He hecho mal al darles forma? ¿Han sido creados solo para sufrir? ¿Su existencia será su propio castigo? ¿Soy cómplice de su sufrimiento? Por mucho que la respuesta obvia sea sí y tenga motivos más que suficientes para fustigarme, hay algo que me dice que he hecho bien en obedecer a Zeus.

—Cuando quieras, hija mía —dice él.

Atenea mira a su padre y asiente. Camina con decisión hasta una de mis criaturas que aún quedan en pie y, con mucho cuidado, sopla en la apertura de su boca. A los pocos segundos, nace mi primera creación, mi primer hijo. Sus párpados se mueven como si se acabara de despertar de un largo sueño. Toma una gran bocanada de aire y mira a su alrededor sin moverse del sitio. Parece asustado, le tiemblan los labios. Creo que va a llorar. Intento ir hacia él, pero Zeus me lo impide.

—Tiene miedo —le digo.

—Pues que se vaya acostumbrando...

—He hecho todo lo que me has pedido, Zeus —le interrumpo.

Me mira con cara de circunstancia.

—Por favor... —insisto—. Déjame ir con él.

De pronto, el hombre recién nacido comienza a sollozar y Zeus resopla.

—Haz que se calle —dice.

Y me suelta. Corro hacia él y lo abrazo con mucha delicadeza por miedo a que el barro se deshaga, pero su cuerpo ya no es de barro, sino de carne, como un animal. Noto como su respiración se desacelera y me acerco a su oído.

—No tengas miedo —le susurro—. Cuidaré de ti y de todos tus hermanos. Soy Prometeo, tu padre y creador. Pero, por tu propia seguridad, no me alabes a mí, sino a Zeus, dios de dioses. Haz lo que te digo y todo irá bien, podrás disfrutar de una vida plena y maravillosa. Te lo prometo.

Hago lo mismo con todos mis hijos a medida que Atenea les va insuflando vida, mientras que de reojo veo los restos de las que iban a ser mis hijas y me pregunto si de verdad podré cumplir mi promesa.

5

Han pasados varias semanas desde su nacimiento. Al tercer día dejaron la orilla y se adentraron en el bosque, que es donde viven por el momento. Son muy tranquilos. No hacen nada más que comer frutos de las plantas y los árboles que tienen a su alrededor, comunicarse entre ellos de vez en cuando y dormir. Duermen muchísimo. Pero, por todos los titanes, ¡moveos un poco! Qué tristeza más grande. Qué frustración al verlos desperdiciar su vida de este modo. Es como si tuvieran el último vaso de agua del mundo y, en vez de aprovechar cada gota, regaran las plantas con ella. Menudos inconscientes. Viven como si su existencia no importara o como si tuvieran todo el tiempo del mundo. Y no. Ni lo uno ni lo otro. Su vida es un jodido milagro y pueden morir en cualquier momento.

Hace rato que ha empezado el día. La mayoría está en pie, pero uno de mis hijos sigue durmiendo en lo alto de un árbol. Transmite una calma, una tranquilidad... que me enerva. Tengo ganas de gritarle. A él y al resto, aunque se hayan dignado a despertarse. Que no pierdan el tiempo durmiendo, que espabilen, que disfruten, que viajen más allá de este bosque y se llenen de experiencias. Aunque de nada serviría intervenir. ¿Cómo se lo explico? No entenderían nada. Eso es algo que deben descubrir ellos. Deben desear vivir en su máxima plenitud, pero de verdad. Tienen que ser conscientes de su fragilidad y de todo lo que les ofrece la vida. Es imposible explicárselo, tienen que darse cuenta por sí solos o incluso presenciarlo.

Los observo desde la otra punta del bosque para que no me vean, pero los oigo y veo perfectamente. Cada movimiento, cada paso, cada susurro... Lo percibo todo. De pronto, un fuerte viento golpea el bosque y sacude el árbol en el que duerme mi hijo. Su cuerpo se desliza por la rama, pero se despierta a tiempo y logra sujetarse con los brazos. Está colgando en el aire, a varios metros de altura. En la base del árbol hay una gran cantidad de rocas que ellos movieron cuando se instalaron aquí para usarlas de asientos en sus momentos de charla y que ahora auguran una muerte segura para su hermano si se cae. Tengo que ayudarle, pienso, pero no lo hago. Algo me dice que no debo. Mi poder. No es un presentimiento fuerte, no tiene mucha importancia, no tengo que luchar contra ello para ayudarlo, es más bien una sugerencia.

—¡Yo caer! —grita aterrorizado.

Sus hermanos lo miran confusos, pero no se alarman. Claro, no entienden qué sucederá si cae. El único que siente miedo es él porque lo está viviendo, pero ¿el resto? Parece que incluso les molestan sus gritos. Les provoca rechazo porque rompe su tranquilidad. Qué curioso. ¿Por qué aman tanto la calma si no han experimentado otra cosa? El único estrés que han padecido fue cuando nacieron, porque estaban confusos. ¿Es por eso? ¿Nacer es traumatizante?

—¡No gritar! —le responde uno, enfadado.

—Yo caer... —insiste de nuevo, aunque esta vez lo susurra y solo lo escucho yo.

Los demás vuelven a sus cosas y a los pocos segundos otro ruido interrumpe sus quehaceres. Su hermano ha caído encima de las rocas. Resta inmóvil boca abajo mientras un líquido rojo comienza a salir a borbotones de varias partes de su cuerpo y va empapando por completo sus asientos. Los demás se acercan enfadados e intentan despertarlo dándole golpes en la espalda, pero no reciben respuesta. No entienden nada. Uno de ellos reúne varias hojas e intenta limpiar las rocas, pero el líquido no para de brotar. Al ver que no se mueve lo levantan entre dos y lo dejan en el suelo. Pero le dan la vuelta y se encuentran con que el rostro de su hermano está completamente desfigurado.

No sé qué es más angustioso, el nacimiento o la muerte, pero el terror que sentía su hermano antes de caer también se ha desparramado y está invadiendo al resto de mis hijos.

—¡Cara no ser! —grita uno.

—¡Cara movida! —grita otro.

Las dificultades para comunicarse debido a la falta de vivencias y, por lo tanto, de conocimientos, no hacen más que aumentar el miedo entre ellos. En cuanto a mí... es extraño. No quiero que mueran ni verlos morir, son mis criaturas, pero, en este caso, creo que no es pena lo que siento. Tengo la impresión de que su muerte puede provocar que los otros vivan. Quizá era necesaria. Sus hermanos han visto lo frágiles que son y puede que eso les espabile y dejen de pasarse los días tumbados.

—Después de esto ninguno volverá a subirse a un árbol —dice alguien detrás de mí.

Me doy la vuelta y veo a una criatura, que intuyo que es una mujer. Está recubierta de agua, como si su cuerpo entero fuera de este líquido, pero flota, no se deshace. El agua está en constante movimiento y solo veo un esbozo de lo que debe ser su cara. Me resulta familiar. Hago un esfuerzo por acordarme de ella, pero no logro alcanzar un solo recuerdo en el que aparezca su rostro. Por su aspecto debe de ser una criatura marina, una ninfa quizá, no lo sé. Ella me mira, esperando una reacción amistosa, calurosa incluso, como la de dos personas que se reencuentran, pero para ello debería saber quién es y no lo sé. Así que opto por seguir mirándola hasta que se dé cuenta de que no tengo ni pajolera idea de qué narices nos conocemos. De pronto se ríe.

—Supongo que hay cosas que nunca cambian —dice al fin.

—¿Perdón?

—No me malinterpretes. Has cambiado. Eres más sabio. Pero también estás más triste, confundido, amargado... Son cosas que van ligadas al conocimiento, es normal. Aunque tu poca capacidad de recordar sigue intacta. —Se detiene unos segundos al ver mi expresión de ofendido—. Y tu sensiblería también.

—¿Quién eres?

Suspira.

—No me quiero meter porque no son mis hijos, pero que hayas dejado que se caiga para aleccionar al resto no me ha parecido nada bien.

—¿Me estabas espiando...?

—Qué exagerado eres. Estaba haciendo lo mismo que tú con ellos, pero contigo.

—Yo los estaba espiando.

—Ah... pues entonces yo también.

—¿Quién eres? —insisto.

—No es fácil que todos sean hombres. Yo siempre quise tener una hija, pero no tuve suerte.

—Mis hijos los he hecho yo y también hice hijas, pero...

—No llegaste a tiempo a esconderlas —me interrumpe.

—¿Cómo lo sabes? ¿Tanto llevas espiándome? ¿Quién eres?

—Te avisé en cuanto pude, pero Zeus estaba al caer.

De pronto recuerdo el momento en el que sentí aquella premonición tan fuerte que acabó tumbándome en la arena. Ese chorro de agua que me despertó... esa desconocida figura metiéndose en el agua...

—¡Eras tú! —exclamo—. Me despertaste.

—No soy solo la que te despertó, Prometeo.

El agua que la cubre se detiene por unos instantes y, ahora sí, me permite ver su rostro. La conozco. Esos ojos, las facciones... esa cara no solo la he visto antes, sino que la he hecho yo. Es la misma faz que la de mis hijas. Pero no puede ser una de ellas, es anterior, fue ella la que intentó advertirme de su inminente destrucción. Cuanto más la miro, más siento que la conozco de mucho antes y que fue tan importante para mí que usé su aspecto como molde para ellas.

—¡Oh! ¡Por todos los titanes, dime quién eres de una vez!

Suspira y pone sus ojos marinos en blanco.

—Soy tu madre, imbécil.

6

Llevo varias horas en shock. Resulta que mi madre es una ninfa, más concretamente una oceánide. Mi abuelo materno es el propio Océano. Ella desapareció justo al desencadenarse la Titanomaquia. Clímene, se llama. Nunca pregunté por ella y si lo hice, no me acuerdo. De hecho, no recuerdo nada de mi infancia con mi madre, pero desde luego tuvo que marcarme porque cada vez que la miro veo a mis hijas.

—No me dio la gana de posicionarme. Era una guerra estúpida fruto del paranoico de Cronos, pero Jápeto... —hace un gesto de asco al mencionar a mi padre— insistió en que teníamos que luchar y defender «nuestra raza».

—Y, entonces, ¿te fuiste?

—Soy una ninfa, hijo. Nuestra raza siempre está en peligro por culpa de la tuya y de la de tu amo. Me importaba una anémona quién gobernara. Nada iba a cambiar.

—Pero... los castigaron a todos... Lo sabes, ¿no? Y Menecio...

Me lanza una mirada de desprecio y alza una mano para interrumpirme.

—¿Me estás echando en cara algo? ¿Precisamente tú?

Desvío los ojos hacia mis hijos, que siguen intentando recomponer el rostro de su difunto hermano, pero mi madre se desliza hacia mí y se pone en medio.

—¿Por qué lo has hecho? —me pregunta—. ¿Tanto miedo tienes de él que no eres capaz de negarte a cumplir sus órdenes?

Resoplo agobiado.

—No quiero tener esta conversación ahora...

—¿Y cuándo la querrás tener? ¿Eh? Tu hermano Atlas está aguantando la dichosa bóveda celeste y tú aquí lloriqueando porque Zeus ha desintegrado tus figuras de barro.

—¡Eran mis hijas! —grito.

La mano de mi madre se estampa en mi mejilla con la fuerza digna de un dios. Una gran ola surge de su brazo y, de pronto, me encuentro en su interior, doy vueltas y vueltas sobre mí mismo, tragando cantidades ingentes de agua. No puedo respirar. La fuerza del agua es tan potente que, llegados a este punto, cualquier mortal ya se habría ahogado. Pero los eternos no somos tan afortunados, nuestro sufrimiento no tiene límites. Por suerte, choco con un árbol y la ola se rompe. Me hallo tendido en el suelo. Empapado y dolorido, pero aliviado.

—Parece que no las recibes tan bien como las das...

Un pequeño recuerdo de mi hermano Epimeteo cayendo de rodillas entra en mi memoria, pero no logro comprenderlo y mi madre sigue hablando:

—Se trata de tu poder, ¿no? —pregunta apareciendo en mi campo de visión.

—¿Qué vas a saber tú de eso? Si nunca te he contado nada —respondo sin moverme.

—Atlas me explicó que sentías cosas...

Me levanto de un brinco.

—¿Has hablado con él?

—No eres el único de mis hijos al que visito. Contesta a mi pregunta, Prometeo. ¿Qué decide lo que haces? ¿Tu miedo o tu poder?

No entiendo a qué viene esta pregunta y me encojo de hombros para hacérselo saber, pero entonces el agua que la envuelve se empieza a mover con más agresividad. Me siento obligado a contestar.

—Joder... eh... mi... ¿poder?

—¿No lo sabes?

—No... o sea, sí. Es mi poder.

—¿Estás seguro?

No, pienso.

—Seguro —miento.

—¿No te da miedo Zeus?

—Bueno... sí, pero...

—Entonces hay miedo —me interrumpe.

—Pero ¡¿qué diferencia hay?! —Mi madre se queda en silencio, expectante—. ¿Cómo distingo el miedo de mi poder? Las premoniciones me alertan de un peligro y, como tengo miedo de estar en peligro, hago caso de las señales porque no quiero correr ningún riesgo. ¿Acaso no es lo que debo hacer? Si tengo un poder no es para ignorarlo, ¿no? Los rayos de Zeus no son decorativos, Poseidón no usa su tridente para rascarse la espalda y Hades no se pone su casco de invisibilidad para que nadie le moleste... Bueno, él quizá sí. ¿Cómo osas volver después de todo este tiempo y cuestionar mis actos?

Me ha tocado la moral y he estallado. Estoy furioso, no me gusta ponerme así, pero... en serio, ¿cómo se atreve? Miro al suelo porque no quiero mirarla a ella, seguro que está enfadada conmigo por haberle hablado mal y si la miro me arrepentiré de mis palabras y no quiero porque tengo razón. Estoy en mi derecho de ponerme así. Cierro los ojos y tenso todo el cuerpo para recibir el impacto de otra ola.

—Está bien —dice.

—¿Está bien? —pregunto confuso.

Qué situación tan extraña. Ahora me mira como si estuviera orgullosa, satisfecha. Parece otra.

—Sí. Lo entiendo. No puedo presentarme aquí y decirte lo que tienes que hacer con tus cosas. Ya eres mayorcito.

—E-exacto... eso es —apunto fingiendo que no me resulta raro tener razón.

—¿Me permites hacerte la pregunta de otra manera? —Me tomo unos segundos para prepararme para otra de sus impertinencias y asiento resignado—. Cuando tu premonición te incite a hacer algo peligroso... ¿quién ganará? ¿Tu miedo o tu poder?

Su pregunta me deja descolocado. No la entiendo. Hasta ahora, todo lo que he sentido ha sido para ahorrarme sufrimiento. ¿Por qué me iba a impulsar a hacer algo que pudiera afectarme negativamente de alguna manera? ¿Qué sentido tiene eso? De pronto, en mitad de mi ensimismamiento, la mano de mi madre vuelve a posarse en mi mejilla, pero esta vez no hay violencia, sino cariño. La miro. Sus ojos azules brillan al reflejarse en ellos la luz del carro del Sol, como lo hace en el mar. Aunque... eso no es posible. Hace rato que el día ha llegado a su fin. ¿Es la luna? Tampoco, la tapan las nubes. ¿Qué es esa luz que hay en sus ojos? Cuanto más me acerco, más fuerte y grande es el brillo, pero si me alejo, se va conmigo. ¿El brillo es mío? La luz que ilumina sus ojos son los míos. Rojos como la sangre de mis hijos, amarillos como la luz lunar y naranjas como el carro que ilumina el día.

7

Humanos (*Anthropos*): así es como los llama Zeus. Significa «los que miran hacia arriba». Los ha visto hacerlo varias veces. Al parecer, son los únicos seres mortales que miran al cielo. Según Zeus, lo hacen porque son conscientes de que desde allí los observa él, «su creador». Sigue autodenominándose «creador». No parece que vaya a reconocerme a mí como el padre de todos estos «humanos».

Respecto a lo de mirar al cielo, es verdad. Lo hacen. Pero solo desde que se cayó su hermano del árbol, y no creo que sea una manera de reconocer el poder de su falso creador, sino el miedo a lo desconocido. La única admiración que les he visto expresar ha sido hacia las aves, que si caen al vacío despliegan sus alas. ¿Debería haberles creado alas? Zeus se las habría cortado por miedo a que pudieran volar hasta el Olimpo.

Los pájaros, en cambio, sí son bienvenidos en su reino, ya que nunca supondrán una amenaza... Un momento. ¿Puede Zeus llegar a tener miedo de los humanos?

Sigo en los bosques con ellos. No he vuelto al monte desde que empecé a crearlos. Mi madre no me ha visitado desde aquel día, pero en mi cabeza sigue dando vueltas lo último que me preguntó. No estoy solo, Zeus ha venido y lleva horas explicándome cómo le miran los humanos desde aquí abajo. Me entra la duda de si habrá visto —o incluso oído— la conversación que tuve con mi madre, pero parece que no. Estábamos lejos de mis hijos y todo apunta a que, por el momento, solo tiene ojos para ellos.

—He estado pensando en cosas que pueden hacer para agradecerme su existencia.

Hace una pausa muy larga. Parece que espera una respuesta por mi parte conforme estoy prestándole atención.

—Muy bien —digo fingiendo interés.

—La conclusión a la que he llegado es que tiene que ser algo que hagan cada día.

—¿Como dormir?

—Por ejemplo.

—Te pueden dar las buenas noches antes de dormir.

Tengo que morderme el labio para que no advierta que lo estoy vacilando. Carraspeo en un intento de esconder la risilla que se me escapa. No se da cuenta.

—Pueden hacerlo, sí... —dice pensativo—. Pero me temo que no es suficiente.

—¿Suficiente? —pregunto extrañado.

—Sí. No hay ningún esfuerzo en darme las buenas noches. Les tiene que suponer algo. Les he dado la vida. Sin mí no existirían. Deben ser conscientes de ello y como agradecimiento tienen que renunciar a... lo que sea. Pero tiene que haber un sufrimiento.

Sus palabras me dejan consternado. Lo dice como si fuera lo más justo y lógico. ¿Qué clase de desalmado necesita que sufras para demostrarle tu amor? ¿He hecho mal en crear a los humanos? Sé que me los encargó para sentirse querido, pero no pensé que eso les supondría este padecimiento crónico que se empeña en implantarles. Es demasiado tarde para arrepentirme. No puedo deshacer mi obra. Pero lo que sí puedo hacer es intentar boicotear su plan. No tengo claro si ya tiene algo en mente, pero mi cabeza se ha puesto en marcha en el momento en que ha hablado de hacerles sufrir y las ideas me salen por la boca sin antes pasar por mi mente.

—¡La comida! —exclamo.

No sé a dónde voy a llegar con esto, pero mi intuición se ha despertado en cuanto lo he dicho. Debo confiar.

Zeus me mira extrañado.

—¿Qué dices?

—Me he fijado en que son como el resto de los animales. Necesitan comer para seguir viviendo. Su alimento es lo más importante. Mucho más que cualquier cosa.

Siento que estoy improvisando, pero creo que mi prototipo de idea va cogiendo forma. Al menos a Zeus parece interesarle. Se ha llevado una de sus grandes manos a la blanquísima barba que le cubre medio rostro y está deslizando sus grisáceos dedos por ella mientras me mira intrigado.

—Continúa.

—¿Y si te ofrecen parte de lo que comen? Lo apartan en tu honor. Lo esparcen por la tierra o lo colocan cuidadosamente encima de una roca que puede ser un altar dedicado a ti... ¿Qué te parece?

Sonríe. Y yo también.

—Me gusta. Mucho —responde satisfecho—. Pero la parte que me ofrezcan la elegiré yo.

No. Tengo que hacer que cambie de opinión.

—¿Siempre?

—Sí.

Titubeo un poco, lo justo para liberar nervios, pero no tanto como para perder el control. Inspiro y espiro disimuladamente y procedo.

—¿De verdad? Entonces, ¿bajarás todos los días...? ¿Cada vez que se dispongan a comer? ¿Les indicarás qué parte sí y qué parte no? ¿Con todas las cosas que tienes que hacer?

—Uy, no, no... —me interrumpe rápidamente—. Tienes razón. No puedo involucrarme tanto.

Menos mal.

—Claro, Zeus, para eso me tienes a mí. Mira, te propongo algo. Yo te traigo lo que suelen comer y tú eliges qué parte deseas.

Zeus no responde. Lo está pensando. Maldito abusador. Cómo lo odio. Espero que no se me note en la expresión porque mientras espero su veredicto estoy fantaseando con colarme en el Olimpo, robar sus rayos y metérselos por el...

—Por eso te elegí, Prometeo. Siempre sabes cómo hacerme la existencia más llevadera. Adelante.

La sensación es agridulce. No me siento orgulloso de serle de gran ayuda, pero, por primera vez, puedo ser yo el que le fastidie. Eso, si no se da cuenta. Aún no tengo claro qué voy a hacer, pero me desplazo hasta el territorio de mis hijos a toda velocidad. Mi llegada es brusca y no pueden evitar asustarse. Somos parecidos, pero ellos son más pequeños y mientras que mi piel y mis ojos son de colores divinos, los suyos son de la tierra, de donde pertenecen. Es la primera vez que me ven desde que se instalaron aquí y ya han pasado bastantes semanas. Aguardo un rato, calmado. Les doy tiempo para que me reconozcan. Tardan un poco, pero, cuando lo hacen, sonríen. Oh, no. Mis sentimientos me pillan por sorpresa. No, por favor, contrólate. Me siento acorralado por mis propias emociones. No esperaba nada de esto, estaba tan concentrado en boicotear a Zeus que por un segundo se me ha olvidado que los creé, que soy su padre y que se alegran de verme... Joder, no puedo evitar el sollozo. Les doy la espalda antes de que me vean llorar. Los hijos no pueden ver a su padre derrumbarse, si no ¿qué les queda? Por todos los titanes, qué ridículo más grande estoy haciendo. Seco mis estúpidas lágrimas y me vuelvo hacia ellos. Tengo a uno de mis hijos a pocos metros de mí con los brazos tendidos y toda la intención de abrazarme, pero ahora soy yo el que entra en pánico y retrocedo. Me siento mal al instante, mi reacción ha sido un poco exagerada, pero estoy seguro de que Zeus nos está viendo y no puedo arriesgarme a que me vea abrazarlos como si fueran... Qué rabia. Qué impotencia vivir con tantas limitaciones. Mi querido hijo mira al resto muy confuso, triste incluso. Los demás también lo están. Comprendo sus sentimientos, los estoy rechazando. Ojalá supieran que lo hago para protegerlos. El nerviosismo comienza a apoderarse de ellos y, en un acto impulsivo, me pongo de espaldas a la trayectoria visual de Zeus, cruzo los brazos, apoyo las manos en mis hombros y me balanceo levemente simulando un abrazo. Su desconcierto al verme me hace sentir, de nuevo, ridículo. Al fin y al cabo me estoy abrazando a mí mismo y parecen no entenderlo. Tengo la sensación de que cuanto más me esfuerzo, más lo estropeo. Así que lo dejo estar. Desisto de mi intento de mostrarles cariño paternal y me dirijo a la pequeña cueva en la que los he visto almacenar comida. Tengo que centrarme en lo que he venido a hacer. Su despensa es bastante grande y lo tienen todo bien ordenado. En ese aspecto no han salido a mí. Veo muchas frutas y otros alimentos de origen vegetal, pero al fondo, escondido, asoma algo distinto al resto de la comida. Parece una pezuña... ¿tienen un animal? Me adentro en la cueva y descubro el cuerpo sin vida de un ciervo. Sé que está muerto porque no respira, pero parece intacto. Me acerco un poco más y veo que no. La parte del lomo del animal está despellejado. ¿Lo han matado ellos o se lo han encontrado así? Nunca los he visto comer animales, siempre están con alguna fruta u otro vegetal en la mano.

—Cuernos no mover.

A mi lado ha aparecido uno de mis hijos señalando al animal. «Cuernos» debe ser el nombre que le han puesto al ciervo.

—¿Coméis cuernos? —le pregunto haciendo un gesto con la mano simulando que me llevo comida a la boca.

Asiente y se acerca al cuerpo del animal. De un costado saca tres piedras, una muy afilada, una gruesa y plana y otra larga y un poco cilíndrica: se nota que las han moldeado ellos. Con la primera corta un trozo del cuerpo despellejado del ciervo, lo pone encima de la piedra aplanada y con la otra da fuertes golpes a la carne cruda durante un rato. Puede que hayan visto a un animal depredador comer estos animales y quieran imitarlo... ¿Quizá ha servido ver morir a su hermano? ¿Se estarán abriendo a experimentar y probar cosas nuevas? El tiempo lo dirá. Pero me parece curioso que, teniendo frutas y verduras mucho más fáciles de ingerir y sin apenas preparación alguna, opten por añadir animales a su alimentación. Con lo que está tardando dudo que puedan comer cadáveres muy a menudo y creo que... eso... ¡es perfecto! ¡Oh! Acabo de tener una idea.

8

Zeus tiene claro qué parte escoger. He hecho dos montones del cadáver del ciervo. En uno está la piel del animal, con la carne en su interior, y en el otro está la parte más apetitosa, la grasa, humedecida y brillante gracias a los rayos del carro del Sol que resplandece en el cielo. Lo que no sabe es que debajo de toda esa grasa están los huesos del animal, para hacer bulto. Mi jefe no se lo piensa mucho y rápidamente señala con su enorme dedo el montón apetitoso.

—¿Estás seguro?

Ríe con soberbia.

—Siempre lo estoy.

—Promete que no cambiarás de opinión.

—Lo pro-me-to, Pro-me-te-o —dice marcando cada sílaba.

Me hace gracia, pero no me río.

—De acuerdo. Se lo comunicaré ahora mismo.

—Bien.

Hace ademán de irse, pero le hago un gesto con la mano para que espere. El plan ha salido bien y quiero aprovechar mi buena racha para aprovecharme un poco más de él. Solo un poquito más.

—He estado dándole vueltas a algo, Zeus. A los humanos les falta algo...

—No daré vida a mujeres —dice de inmediato y con un tono muy vehemente.

—No me refiero a eso. Estoy preocupado por ellos. No son conscientes de lo efímera que es su vida... —La imagen del humano cayendo del árbol irrumpe en mi mente—. No del todo.

—No veo cuál es el problema, eso es cosa suya. El motivo de su existencia es complacerme a mí, no a sí mismos.

Por un momento se me había olvidado. Ingenuo de mí.

—Claro, claro, por supuesto, pero ¿no sería posible combinar las dos cosas?

Su respuesta es una carcajada llena de soberbia.

—¿Quieres que tus admiradores sean seres estúpidos? —pregunto de nuevo.

Se le corta la risa de golpe. Porque es verdad. Quiere que sean idiotas para que no se hagan según qué preguntas ni investiguen más allá de su entorno y para que cuando miren hacia arriba sea solo para adorarlo a él, dios de los cielos, y no porque sueñen con volar y llegar donde se supone que no pueden. Me está lanzando otra de sus miradas eléctricas y parece que en cualquier momento me vaya a caer un rayo.

—¿Cómo dices?

Mi instinto dice que siga, pero mi miedo que lo deje aquí.

—Que creo que... ellos... pueden idolatrarte de muchas formas...

—Ajá.

—Y... y cuantas más cosas sepan hacer... pues mejor... para ellos y para ti, claro... Salís ganando todos.

—Yo no quiero que sepan hacer más cosas. Quiero que me recen. Punto.

—Pero tienen que aprender, Zeus, tienen que evolucionar para ampliar conocimientos, conocer los peligros y así vivir más tiempo.

—No.

—Zeus...

—No quiero que vivan más tiempo, no quiero que evolucionen, no quiero que aprendan y el único peligro del que deben ser conscientes soy yo. Si me faltan al respeto, los aniquilo; si mueren por su estupidez, multiplico a los que queden. ¿Qué más necesito?

—¿Que te quieran?

—Ya me quieren. —Arqueo las cejas—. He dicho que ya me quieren —insiste, pero le dedico otra mueca incrédula que incrementa su inseguridad—. ¡Prometeo!

—¿Tan convencido estás? ¿Qué crees que pasará cuando les diga que tienen que tirar parte de su alimento como agradecimiento al dios que les dio la vida?

Una vida aburrida, de supervivencia, breve para muchos...

La tormenta de sus ojos se cierne sobre nuestras cabezas. Unos nubarrones negros como el Érebo se forman en el cielo en cuestión de segundos y empieza a llover. Zeus está furioso y lo siguiente que caerá no será más agua. Estoy aterrorizado, pero no puedo parar. No puedo callarme ahora.

—Sabes que tengo razón, Zeus, no debes tener miedo a su conocimiento. Hazlo bien. Vela por su bienestar y ellos te adorarán porque no solo les habrás dado la vida, sino también motivos para vivirla.

De pronto, su mirada cambia. Sus ojos se relajan y apuntan al suelo. Está pensando, casi sin querer. ¿Mis palabras le han calado? O sea, no es que dude de mí mismo, creo firmemente en lo que le acabo de decir, pero no es la primera vez que lo hago. ¿Por qué ahora sí? ¿Qué he dicho para convencerlo?

—Me has engañado.

Alza su robusta mano y señala el suelo, concretamente a los restos del ciervo. Oh, mierda. Joder, joder, joder... El agua de la lluvia ha esparcido la grasa y ha dejado al descubierto mi trampa. Debajo había colocado, estratégicamente, los huesos del animal para que pareciera que había más cantidad y así Zeus dejaría la carne para mis hijos. No lo he convencido, lo he dejado en shock. Podíamos haber tenido esta conversación en cualquier otro momento. ¿Por qué ha tenido que ser ahora? ¿Por qué mi poder no me ha avisado? ¿Debería haber hecho caso a mi miedo? ¿Qué me está pasando?

Ha sido culpa de mi madre. Ella ha sembrado la duda en mí. Maldita sea. Un gran estruendo retumba en el cielo y un destello me ciega por unos instantes. Zeus no está. Ha desaparecido. Estoy solo. Eso no puede ser bueno. Un grito lejano proveniente de las alturas llega hasta mis oídos. Lo encuentro rápido con un barrido visual. Es él, entre las lóbregas nubes. En la mano tiene algo luminoso, la única luz que hay en el cielo y que embruja a cualquiera que lo mira fijamente. Es uno de sus rayos. Ya está. Se acabó. Ha llegado mi final. Mi destino. Por eso no lo he podido prever. Nadie escapa de la sentencia de las Moiras, ni siquiera yo. Me dejo caer de rodillas al suelo, cierro los ojos y extiendo los brazos. Que las ancianas de los hilos sepan que acepto su dictamen con los brazos abiertos. Miento si digo que no siento alivio. Desde que tengo memoria, esto es lo más cerca que he estado de ser libre. A decir verdad, mis primeros recuerdos ya son bajo las órdenes de Zeus. No consigo ir más atrás. Es como si mi poder para prever el futuro me quitara espacio del pasado. Pero ahora ya da igual. Voy a dejar de existir. Lo único que me entristece es no poder despedirme de mis hijos. Y también que mi muerte por un rayo, aquí, en mitad del bosque, provocará una desgracia. Se quemará todo y tendrán que irse de nuevo a la playa para escapar del fuego. Ese será mi legado...: destrucción. Un momento... no, no, no. ¿Cómo no lo he pensado antes? ¡Claro! ¡Ahora lo entiendo! Lo que necesitan es que el rayo de Zeus impacte justo aquí. ¡Mi muerte es su salvación! Los creé con tierra y agua, Atenea les dio vida con aire y el elemento que falta es el que les permitirá evolucionar. ¡El fuego! Mi final es la chispa que prenderá la consciencia de los humanos. Es tal y como tiene que ser. Ya siento la luz del rayo acercándose a mí. Estoy preparado. ¡Acaba conmigo, Zeus! ¡Ilumina a mis hijos! ¿Hola...? ¿Por qué tarda tanto? El arma de Zeus debería haberme fulminado al instante. ¿Se supone que ya estoy muerto? Abro los ojos con cuidado y la única luz que me ilumina el rostro es la del carro del Sol de Helios. No hay ni rastro de las nubes. Sigo en el mismo sitio de antes. ¿Qué ha pasado? Noto una presencia detrás de mí y me giro con cuidado. Es él.

—Nunca tendrán fuego —dice.

—Pero... ¿cómo lo...? ¿Por qué?

—Voy a pasarte esta —responde señalando los huesos del ciervo—. Pero si les das fuego, o les enseñas a hacerlo o incluso si les hablas de ello..., el sufrimiento de Atlas te parecerá una nimiedad en comparación con lo que te haré.

—A... ¿Atlas? ¿Quién es...?

—Maldito idiota que no se acuerda ni de su familia...

Me agarra del cuello como si fuera una marioneta y apunta mi cabeza en una dirección. Veo a alguien: está muy lejos. El peso del firmamento se aguanta en su espalda. Creo que sé quién es, me resulta familiar, pero no consigo recordarlo. El cielo tiembla de golpe y esta vez no es Zeus. Está tan desconcertado como yo. Es esa criatura que sujeta las alturas. Se acaba de mover. Su cabeza ha rotado. Me está mirando. No dice nada, pero lo oigo. Oigo ira en sus ojos ensangrentados. Tristeza, dolor y sobre todo... venganza. No está moviendo los labios, ni siquiera emite sonido alguno, pero desde que estamos mirándonos hay una palabra que se repite en mi cabeza con una voz que no es la mía: «Róbaselo».

9

Mi estancia a solas con los humanos ha llegado a su fin. Zeus me ha enviado a una de sus hijas para que me vigile. Una espía. Una chivata. Mi prima Diké. El día que apareció se presentó como la encargada de la justicia entre los humanos, ya que su madre es mi tía Temis, la titánide de la justicia divina, e insiste en que su padre quiere que los humanos también tengan a alguien que les ayude a resolver sus problemas. ¿En serio? ¿Problemas? Pero ¿qué clase de problemas? ¡Mis hijos no tienen problemas entre ellos! ¡Su único problema se llama Zeus! Además, cada vez que puede suelta algún comentario sobre lo felices que se los ve y la suerte que tienen de ahorrarse los conflictos que tenemos los de nuestra raza y los dioses. Se piensa que soy estúpido. Está aquí para controlar que no intente darles el fuego y de paso comerme la cabeza con eso de que la ignorancia da la felicidad. Yo siempre le digo lo mismo: «Si son tan felices, ¿qué haces aquí?». Y entonces me suelta que necesita tener un propósito y no sé qué. En fin, es soberanamente pesada y mentirosa, pero debo seguirle el rollo para no levantar sospecha alguna. Porque puede que aún no tenga claro lo que voy a hacer, pero ten por seguro, Zeus, que si te he engañado una vez, puedo hacerlo una segunda.

—¡Prometeo!

Lo que decía. No me deja en paz. Estoy en lo alto de un árbol observando, tranquilamente, a mis hijos y tiene que venir esta a tocar los...

—¡Prometeo!

—¡¿Qué pasa ahora?!

—¡Considero que estaría bien que te involucraras un poco en su crianza! ¡Piedra y Rama se han vuelto a pelear!

¿Cómo ha dicho? ¿Piedra y qué? Bajo de un salto.

—¿Qué les acabas de llamar?

Se ríe como si fuera una broma interna que no soy capaz de entender.

—Piedra y Rama. He pensado que estaría bien que tuvieran nombres, y me he estado fijando en cosas de su aspecto y comportamiento que los distingan del resto para...

La odio. ¿Cómo se atreve? Llevo queriendo ponerles nombre desde que eran muñecos de barro, pero no lo he hecho porque no estaba seguro. ¿Y esta se cree que puede venir aquí y autoproclamarse su madre de la noche a la mañana? Y encima... ¿Piedra? ¿Rama? Pero... uf. Con una piedra y una rama le daría yo hasta convertirla en constelación.

—... poder dirigirnos a ellos de una manera más sencilla. Así que te agradecería que me ayudaras con ello porque son muchos y no es tan fácil como creía. Venga, anímate, será divertido.

No puedo hacer otra cosa que sonreír y esconder el rechazo que me produce este buen rollo que desprende, como si ella y yo pudiésemos llegar a formar un gran equipo.

—¿Por qué se han peleado Pied...? —me interrumpo a mí mismo. Me niego a llamarlos así—. ¿Qué ha pasado?

—Lo de siempre. Rama quiere comer lo mismo que come Piedra y este nunca quiere compartir su comida.

Me pregunto si este comportamiento tendrá que ver con el hecho de que no se les permita evolucionar y por ello estén anclados en una infancia perpetua.

—Vaya... ¿Y qué propones, Diké?

—Es probable que mi llegada los haya alterado un poco. —Y tan probable—. Quizá tu presencia, al conocerte desde que nacieron, calme un poco el ambiente.

«Al conocerte desde que nacieron»: qué forma tan extraña de decir que soy su puñetero padre.

—Sí. Quizá el hecho de haberlos construido con mis propias manos sea un factor importante, sí.

Nótese que no digo «creado» por si el imbécil de los rayos tiene la oreja puesta.

—Puedes dejar el sarcasmo cuando quieras, Prometeo. Me ha quedado clarísimo que no me quieres aquí, pero, al igual que tú, solo deseo lo mejor para ellos.

Tampoco pretendía fingir que estoy encantado con su llegada, pero sí que es la primera vez que me habla de una forma tan directa respecto a nuestra desavenencia. Lo que más me sorprende, sin embargo, es la sinceridad que hay en lo que acaba de decir. Solo se me ocurren dos cosas: o miente muy bien, o es estúpida. Si quiere lo mejor para ellos, ¿por qué insiste en dejarlos así para siempre?

—Entiendo. En ese caso explícame de nuevo por qué estás aquí. Porque, claro, si los dos queremos su bienestar y tu presencia los incomoda... lo mejor sería que volvieras al Olimpo o al sitio de donde sea que hayas venido, ¿no?

Termino mi alegato con una sonrisa y, por mucho que me muera de ganas de dar media vuelta y regresar a mi sitio para seguir observando a mis hijos, me veo en la obligación de darle derecho a réplica. Aunque mi seguridad se desploma al ver a una Diké en una actitud tranquila, muy distinta a la que pretendía provocar. Me coloca una de sus delicadas manos encima del hombro y con la otra me hace un gesto para que le preste atención. Acto seguido, con la palma hacia arriba, la levanta al mismo tiempo que inspira y, cuando termina, la gira, la hace descender mientras espira y sonríe.

—¿Ves? Así es como se puede controlar la ira, Prometeo. Ahora mismo me has violentado, pero el oxígeno que da vida a los humanos nos puede servir a todos para expulsar nuestra furia. ¿Eso es lo que quieres para ellos? ¿Esta clase de conflictos? ¿No crees que debemos protegerlos de tener nuestros mismos problemas y más teniendo en cuenta lo efímera que es su vida?

No la soporto. No puedo con ella. ¡Qué asco! Intento responder, pero no sé qué decir y cuando lo intento me trabo. Me tiembla el labio inferior de la rabia que siento. Ella se da cuenta y repite este estúpido movimiento de la respiración, con su estúpida mano subiendo y bajando y no puedo dejar de mirarla y fantasear con arrancársela de un mordisco. ¡Por todos los titanes! ¿Qué me está pasando? ¿De dónde sale tanta violencia? Yo antes no era así. Todo esto me está afectando más de la cuenta. No puedo seguir con esto, no debo continuar aquí. Ya está. Me rindo. Me voy. Los humanos no son mis hijos. Son de Zeus y siempre lo serán. Diké es su niñera y yo no soy nadie, soy el que los hizo y ya está, me subrogaron. No puedo pasarme la eternidad lamentándome por ello. Debo aceptar que no hay nada que pueda hacer y dejarlo estar. Tengo que volver a... ¿volver? ¿Qué estoy diciendo? ¿Volver a dónde? ¿Tengo un sitio? Un momento... No me lo puedo creer. ¡Estoy recordando! Mi hogar no es este... No, qué va. Yo, antes de todo esto, vivía en otro lugar..., en mi casa, con alguien. ¿Con quién? Por favor, piensa, piensa, piensa.

—¿Qué, Prometeo? ¿Dejamos nuestras diferencias a un lado por ellos?

Lo cree de verdad, puedo verlo en sus ojos, está convencidísima de que me ha cautivado con su discurso. Lo más gracioso es que ha conseguido todo lo contrario.

Me ha hecho recordar que antes de esto era alguien. Que los humanos no son mi vida. Y que esta lucha no vale la pena.

—Está bien. Espérame allí, ahora voy —miento.

En cuanto se da la vuelta, me voy para no volver.

10

Sigo el camino por el que me guían mis recuerdos. Reaparecen a cada paso que doy. Siento que estoy viajando en el tiempo, que Cronos está contando hacia atrás y lo que antes sentía cuando presagiaba el futuro lo percibo ahora al volver al pasado. Estoy en el pie de un gran monte. Por aquí pasa un río y tengo la sensación de que antes había criaturas que paseaban por estos lares. Arriba está mi hogar. Subo. Las vistas son increíbles, pero no me resulta sorprendente. Los recuerdos me avasallan y me doy cuenta de que estoy acostumbrado a esta perspectiva. Estoy en casa, pero me falta algo. Alguien, mejor dicho. Vuelvo mi cabeza a todos lados en su busca y a lo lejos lo veo, de pie, mirándome. Es él. Lo sé. Nos acercamos a la misma velocidad. Si no fuera porque sé que no soy yo, apostaría a que estoy ante mi reflejo. A medida que avanzo, decenas de recuerdos entran en mi cabeza y, de pronto, como una brisa fresca que te golpea en la cabeza, sé quién es. Sonrío al volver a verlo y él también.

—¡Hermano! —exclamo.

—¡Hermano! —repite él.

Pocos metros nos separan el uno del otro y los recuerdos no cesan de acudir a mi mente. Y ojalá lo hicieran. Mi cabeza se llena de memorias en las que mi hermano me lanza preguntas sin sentido que no entiendo. Haciendo referencia al pasado y... ya me acuerdo. Estamos a veinte pasos. Epimeteo va tarde. Mi sonrisa se desvanece y una nube de incertidumbre cubre mi rostro. Tengo un mal presentimiento que empeora con cada paso que doy. Quedan quince. Pienso en detenerme, pero él no lo hace. Mi hermano sigue andando y su alegre expresión también se ha nublado. Acelero. Diez. Creo que los recuerdos nos llegan al mismo tiempo, pero yo vengo del futuro y él del pasado. Cada vez siento más miedo mientras que Epimeteo parece más furioso. Cinco pasos. Recuerdo a Zeus llevándome a la playa en la que creé a mis hijos. Yo no estaba a gusto, miraba atrás, a mi hogar, a este sitio. No. Lo miraba a él, a mi hermano. Dos. ¿Por qué? Estaba preocupado. Tenía miedo de que sucediera algo mientras yo no estuviera. Uno. Que recordara algo de mí. ¿Algo que le hubiera hecho? ¿Algo malo? Cero. Oh, mierda. Epimeteo sacude la cabeza hacia un lado, se lleva las manos a la cara y cae al suelo de rodillas. Le he dado una bofetada... bueno, le di. Es lo mismo.

—¿Qué... acabas de hacer?

Le tiemblan las manos.

—Yo... eh...

—¡Me has pegado! —grita.

—Lo siento. Muchísimo.

Se levanta. Retrocedo.

—¡No eres mejor! —Señala tras de sí a un gran templo que está en la parte más alta del monte. El Olimpo. El hogar de los dioses—. ¿Tanto ser su secretario te estás convirtiendo en él? ¡¿Eh?! A mí ya no me engañas. Tú no quieres modificar su conducta por el bien de todos. Lo haces por ti. Quieres arrebatarle el trono.

—Epimeteo, por favor, solo te he pegado porque me has sacado de quicio. Ya está.

—Tú también me sacas de quicio ¡y no por eso te pego!

Esto no ha sido una buena idea. He huido de un problema nuevo para meterme en otro antiguo... pero sin olvidarme del más reciente. Ahora tengo los dos. No debería haber venido. Tenía que haberme quedado allí. Epimeteo sigue gritándome e intento hacer oídos sordos. No es culpa suya. No debí pegarle. ¿Y si tiene razón? ¿Y si, en realidad, quiero el trono de Zeus? Nunca lo he pensado o, como mínimo, no recuerdo haberlo hecho. Pero lo que sí está claro es que sería mucho mejor rey que él. Cualquiera lo sería, incluso mi hermano, que puede tardar meses en reaccionar a cualquier cosa.

—Eres una vergüenza para la familia. Me arrepiento tanto de haberte hecho caso, de haberte seguido... Preferiría un millón de veces haber corrido la misma suerte que Menecio o incluso aguantar el cielo como Atlas, antes de estar contigo...

—¿Atlas? —lo interrumpo.

—Sí, por mucho que te sorprenda. Al menos él tiene dignidad —dice señalando.

Sigo el lugar al que apunta su dedo y lo veo. Con el firmamento sobre los hombros y los ojos anclados al suelo.

—Me miró... Atlas... Me miró, Epimeteo.

—¿Qué dices?

—¡Sí! En ese momento no sabía que era él y fue muy confuso, pero ¡sabía que era algo importante! —Me acerco a él para susurrarle—: Me habló.

Tengo la impresión de que no acaba de creerme, pero al menos me está escuchando y parece que su enfado se diluye.

—Es imposible. No nos ha mirado ni una sola vez desde el fin de la guerra, ¿por qué iba a...?

—Te acuerdas de que Zeus me quería pedir algo, ¿verdad?

—Sí, como si fuera hoy.

—Pues hace mucho tiempo de hoy... y nunca adivinarías qué he tenido que hacer.

Se lo cuento todo. No me dejo ni un detalle. Epimeteo pone toda su atención y me escucha boquiabierto hasta llegar a la parte de nuestro hermano. Entonces cierra la boca y adquiere una pose más seria que le dura el resto de la historia y, mientras acabo de contárselo todo, me temo lo peor. Ha desconectado. Su memoria ha borrado todo lo que ha sucedido y se ha reiniciado desde la discusión. Otra vez no, por favor.

—¿Estás seguro de que te dijo «Róbaselo»? —pregunta de pronto.

Epimeteo sigue aquí, en el presente. Parece que se mantiene. Lo miro embobado durante unos largos segundos y repite la pregunta.

—S-í... sí, sí, dijo eso. Dijo: «Róbaselo». Eso fue lo que escuché.

Inclina la cabeza hacia un lado y, de reojo, mira de nuevo el Olimpo.

—¿Crees que sabe que estás aquí?

—¿Quién? Ze...

Me tapa la boca con la mano y asiente. Niego con la cabeza. Al contrario, creo que tiene los ojos puestos en los humanos y en Diké. Yo ya no le importo. Me quería fuera y estoy fuera. Misión cumplida para él.

—Hay algo que no sabes o de lo que no te acuerdas..., pero yo sí. Y parece que Atlas también.

Lo que seguro que no recuerdo es haber visto alguna vez a mi hermano pequeño en una actitud tan dominante. Estoy entre orgulloso y asustado. Da un paso hacia mí y sigue hablando en voz baja:

—Cuando acabó la guerra entre dioses y titanes, poco antes de que Atlas fuera castigado, Zeus organizó una ceremonia para celebrar su victoria y algunos de nuestra raza asistimos. Tú incluido. Helios, que decidió hincar la rodilla a cambio de recibir la labor de iluminar los cielos, bebió esa noche mucho néctar. Era la primera vez que pisaba el Olimpo y hubo muchas cosas que lo dejaron estupefacto, entre ellas, el fuego de Zeus.

Me estremezco al oír esto último.

—Él mismo lo llevó hasta allí y le explicó que ese fuego no era como todos los demás. Este elemento era único en su especie. Se trataba de un fuego divino. Le contó que el cíclope Brontes, encargado de proteger la inapagable llama, lo usaba para construir los poderosos rayos del dios de dioses. Hefesto, para forjar sus inquebrantables herramientas y armaduras. Y ahora él lo iba a usar para incendiar el carro con el que surcaría los cielos.

—¿Cómo...? ¿Cómo sabes eso? ¿Estabas con ellos?

—No. Me lo contó Helios luego. Se fue de la lengua.

—¿Y Atlas?

Epimeteo sonríe.

—Aproveché la distracción de la ceremonia para despedirme. Estaba encadenado junto al resto de los titanes en una de las cuevas subterráneas del monte y se lo conté todo.

Estoy flipando.

—¿Dónde estaba yo?

Epimeteo suspira.

—En la entrada de la cueva.

Qué frustración. No me acuerdo de nada de eso.

—¿Te acompañé? ¿Y yo también vi el fuego? —le pregunto intrigado.

Niega con la cabeza.

—Tú no te moviste de allí en todo lo que duró la fiesta. De hecho, no dejaste tu posición desde que Zeus te ordenó encadenarlos.

—¿Qué...?

—Eras el carcelero, Prometeo. No solo le pusiste los grilletes a tu hermano y al resto de los miembros de nuestra familia, sino que tu obligación era vigilar que no se escaparan mientras que Zeus y los suyos celebraban la victoria.

Tengo que sentarme para poder digerir todo esto que me está diciendo. Qué vergüenza. ¿Cómo he sido capaz de hacer todo esto? ¿Por qué? ¿Tanto miedo tenía?

—No lo entiendo. Siempre he hecho caso a mi poder, a lo que sentía que debía hacer... ¿Cómo se justifica esta traición a los míos? ¿Cuál es el objetivo de todo esto? ¿A dónde se supone que debo llegar? —Epimeteo se sienta a mi lado y hace un gesto con la cabeza señalando el Olimpo. La voz de Atlas resuena en mi cabeza y ahora sí que lo entiendo—. Debo robar el fuego de Zeus...

—Y entregárselo a los... —añade, pero se interrumpe a sí mismo.

Su expresión cambia, parece desubicado. Ahora sí. Está a punto de desconectar. Apenas tengo tiempo de analizar bien la situación y asimilar lo que mis hermanos me están pidiendo que haga. Es una locura. Es una insensatez. Es un suicidio. Pero, pensándolo fríamente, no son ellos los que me lo han pedido. Mis decisiones me han llevado hasta este punto. Mi intuición. Mi poder. Me arriesgué al engañarlo con los huesos y la grasa. Fue la primera vez que no prioricé mi miedo y hubo un momento en el que pensé que sería la última. Pero me equivoqué. Es ahora. Estaba en lo cierto: Zeus tiene miedo de los humanos. Por eso les esconde el fuego. Porque si lo tuvieran, con el tiempo aprenderían a cocinar, a construir, a crear... Pero, aunque yo les hablara de él o les enseñara a conseguirlo con dos piedras, Zeus tendría tiempo de sobras para bajar y quitárselo. En cambio, si les doy el fuego divino..., les bastará un segundo para aprender lo que de otra forma les habría llevado un siglo entero descubrir. Incluso si Zeus decide aniquilarlos, será inútil porque una vez desciendes un elemento de los dioses y lo compartes con las criaturas mortales pasa a formar parte de su estirpe, tanto de la presente como de la venidera. Así que, si quisiera tener a nuevos humanos, nacerían con todos esos conocimientos. Pero mi poder no pretende engañarme. Al igual que estoy convencido de que debo traicionar a Zeus, también lo estoy de que mi acto tendrá terribles consecuencias. Y puede que no las sufra solo yo...

—¡¿Cómo te atreves a pegarme?!

11

Estos días he bajado con Epimeteo hasta el lago en el que solían bañarse las ninfas antes de que Zeus se hiciera con el monte. El agua dulce es diferente a la del mar. Siempre está en calma. Y eso es lo que necesito ahora mismo porque estoy de los putos nervios. No tengo claro cuánto tiempo tiene que pasar cuando le digo algo a mi hermano hasta que se ancla en su cabeza como parte de su inolvidable pasado.

—No aceptes nada que llegue del Olimpo.

—No creo que Zeus me haga ningún regalo por ser hermano del que lo ha traicionado —dice con sarcasmo.

—No será ningún regalo. Puede que lo presenten como tal, pero no lo será. Tú no aceptes nada de Zeus ni de nadie que tenga que ver con él o con el Olimpo. ¿De acuerdo? ¿Lo entiendes? Nada.

—¿Por qué?

Madre mía y de todos los titanes...

—Tengo... un... mal... presentimiento...

—Y muy poco concreto, por lo que parece. ¿No te estarás equivocando? No sé, yo creo que como mucho te pondrá un castigo y quizá a mí otro por ayudarte. Pero estoy dispuesto a asumir las consecuencias, Prometeo. Si el premio es frustrar su objetivo..., me da igual lo que me eche. Al menos recuperaré mi dignidad.

—A mí, con que recuperes la memoria antes de que sea demasiado tarde, me vale.

Sonríe.

—¿Qué te dice tu intuición?

—No soy capaz de desglosarlo. Estoy histérico. Me arden las entrañas y no sé qué significa. A veces oigo el graznido de un ave que a medida que pasan los días se hace más fuerte, pero tengo la sospecha de que es Zeus. Y cuanto más tarde en llevarlo a cabo, más cerca estará de pillarme.

—Debes hacerlo ya. Esta noche.

Suelto un gran suspiro y sumerjo la cabeza en el agua.

—Creo que puedo apurar un día más...

—¿Para qué? —Hace una pausa y su mirada cae al lago, pensativa. Se ha dado cuenta—. No es la primera vez que tenemos esta conversación, ¿verdad?

No pienso intentar engañarlo. Es la vigésima. Pero tampoco se lo diré con exactitud.

—Es que... no hay manera. No retienes, Epimeteo...

No escatimo en gestos y lo salpico, para mostrar lo increíblemente frustrante que es esto.

—No me utilices como excusa.

—¿Qué dices?

—Si no lo haces es por ti, no por mí. Tienes miedo.

—Pues claro que tengo miedo, pero por lo que pueda venir después. Por eso tienes que estar preparado.

—A este paso nos castigarán sin que ni siquiera hayas visto el fuego divino.

—No puedo subir allí sin la seguridad de...

—Pero ¿qué seguridad ni qué ninfa muerta? —me interrumpe—. Precisamente lo único que consigues alargando la situación es aumentar el riesgo de que te vean venir. De que Zeus se pregunte: «Hum, ¿qué estará haciendo el titán al que enredé para que creara a mis juguetes?».

—No son juguetes.

—Para él sí. Y de ti depende que lo sigan siendo o no.

Tiene razón. Siento un miedo terrible, pero si quiero tener alguna posibilidad, debo hacerlo hoy.

—Está bien.

Mi hermano suspira aliviado.

—Tendrás que subir por la parte escarpada del monte. Por atrás, vaya. Esa zona nunca la vigilan.

Me cuesta hacerme a la idea de que vaya a hacerlo. Pero asiento decidido.

—Tendré que llevar un trozo de madera.

—No. La madera tarda demasiado en encenderse. Antes de llegar al fuego te encontrarás con una hilera de plantas. Coge un puñado grande y préndelas por la parte superior.

—¿Plantas? —pregunto incrédulo—. Tendré un camino muy largo hasta los humanos. El fuego las consumirá antes de que pueda llegar...

—Estas no. Prenden rápido y se consumen lento. Las usan los dioses para llevar el fuego de un lugar a otro. Por eso están por todas partes del Olimpo.

Vuelve a hablar como un líder. Él dice que su poder es un castigo, pero yo preferiría tener el pasado tan claro si eso me transfiere seguridad, antes que no recordar nada de él y que el futuro solo me mande señales confusas que no hacen más que generarme ansiedad.

—La llama está en el lado opuesto a los aposentos de los dioses, pero eso no significa que no debas ir con cuidado.

—Brontes...

—Exacto. En teoría debe estar despierto, día y noche, vigilando, pero es imposible y aprovecha para descansar cuando Zeus se acuesta. Así que, si el cíclope duerme, significa que Zeus también.

—¿Y cómo lo sabré?

—Brontes ronca como si la montaña se arrastrara. Siempre he creído que, además de fabricarle los rayos, también les pone el sonido.

No puedo evitar soltar una carcajada que disminuye a medida que la luz del carro del Sol desaparece del cielo.

—Madre me visitó, ¿sabes?

Epimeteo me mira perplejo.

—¿De qué estás hablando?

—Intentó avisarme de Zeus, pero yo no supe quién era ella hasta que me lo dijo.

—¿No reconociste a nuestra propia madre? —pregunta casi ofendido.

—Para que después digas que tener una memoria inmortal es un problema.

—¿De qué hablasteis? ¿Te preguntó por mí? Espera... ¿vino a verme?

—No lo sé. Solo dijo que visitaba a Atlas de vez en cuando. Y luego me advirtió.

—¿De qué?

—De mí. Me dijo que llegaría un momento en el que mi poder me llevaría a hacer algo peligroso y...

La oscuridad del cielo me transporta al momento exacto de esa última conversación con ella. La luz de sus ojos era lo único que iluminaba el lugar, pero no eran estos sino un reflejo lo que alumbraba. Por todos los titanes... Ese destello era el fuego de Zeus.

—... se refería a este momento. Ella ya lo sabía.

Epimeteo sonríe nostálgico.

—Siempre lo ha sabido todo.

—¿A qué te refieres?

—Justo antes de que estallara la guerra y ella desapareciera, me dijo que no me separara de ti. Que me necesitarías.

—Te lo estás inventando.

—¿Me has necesitado o no?

—Sí, pero yo pensaba que me habías seguido porque confiabas en mí.

—Y confío.

—Entonces es mentira, ¿no?

Sonríe.

—«Cuando un árbol crece solo vemos su altura, pero es su profundidad lo que le permite llegar alto. Prever el futuro solo es útil si recuerdas el pasado. Nunca te separes del hermano con el que compartes la raíz del nombre. O vuestro árbol caerá.»

Siempre estuve enfadado con ella por abandonarnos y resulta que hizo más por nosotros que nuestro padre, que estuvo hasta el final.

—Será que una madre nunca abandona del todo.

—Ni la noche dura para siempre. —Me agarra de las manos por debajo del agua y clava sus ojos en mí como lo hizo ella aquella vez—. Es la hora. Sube al Olimpo y...

—Róbaselo.

Ninguno de los dos ha dicho eso, pero ambos lo hemos oído.

12

El Olimpo está en calma. Lo único que rompe el silencio son los ronquidos del cíclope, tal y como me ha dicho mi hermano. Subir el monte no ha sido fácil. El reino de los dioses está envuelto de una magia que no te permite acceder usando poderes si no eres uno de ellos. Me he visualizado varias veces cayendo y quedándome clavado encima de una roca puntiaguda..., pero ni de lejos he sentido el miedo que siento ahora. A mi derecha intuyo el resplandor del fuego: lo tapa el inmenso cuerpo de Brontes, que yace tumbado a su lado. A mi izquierda, bastante más lejos, veo las blanquísimas columnas del templo de los olímpicos, que desprenden un fulgor digno contrincante de la más absoluta oscuridad. De hecho, emerge cierta luz por todo el monte. Las piedrecitas del camino brillan con una luz tenue que me facilita el allanamiento. Avanzo en dirección a los ronquidos.

Tengo la sensación de que en cualquier momento puede aparecer Zeus y pedirme explicaciones. Noto algo rozándome las piernas y se me escapa un grito. Me he tapado la boca, pero no soy capaz de decir si he sido lo suficientemente rápido o se ha escuchado algo. Me quedo estático. Parece que los ronquidos siguen sonando. Desvío la mirada, con muchísimo cuidado, hacia el templo de los dioses. No atisbo ningún movimiento extraño. Espero unos segundos más y aparto la mano de mi boca. ¿Qué narices ha sido eso? En los bordes del camino asoman una gran cantidad de plantas, todas del mismo tipo. Son las que dijo Epimeteo. Me agacho y arranco algunas hasta que reúno un buen manojo. Cada tallo acaba con lo que parece un pequeño ramo del que emergen florecillas. Son de color amarillo. Es la primera vez que las veo. Supongo que el fuego no es lo único de lo que Zeus quiere privar al resto. Avanzo por el camino intentando hacer el mínimo ruido posible. Las piedrecitas no lo ponen fácil, por suerte parece que el cíclope tiene el sueño profundo. Avanzo unos cuantos metros más y ya puedo verlo. El fuego divino. La llama en su totalidad. Arde en una gran copa de mármol que se fusiona con el suelo que lo rodea. Es como una pequeña plaza sobrepuesta en el monte y Brontes duerme justo al lado. En el suelo de mármol mis pasos ya no hacen ruido y puedo ir más rápido. Ahora es el resplandor del elemento lo que me frena. Su contoneo. La mezcla de colores. Es hechizante. No es la primera vez que veo el fuego, en la guerra no había otra cosa. Ardió toda la tierra. Pero esta llama es distinta. No transmite destrucción, más bien al contrario. Veo construcción. Crecimiento, aprendizaje, evolución..., aunque solo si llega a las manos adecuadas. Los humanos no están contaminados como los dioses, son seres puros. Y me siento muy orgulloso de ser yo el que vaya a encargarse, en persona, de que lo tengan. Me acerco a la hermosa llama con sigilo, sin despertar a su guardián. Extiendo el brazo y las plantas prenden al instante. Epimeteo tenía razón en eso, solo espero que también lo tenga en lo otro y no se consuma antes de salir de aquí. De pronto, el ronquido del cíclope estalla en un sonido abrumador que hace temblar el suelo. Me agarro fuerte al borde de la copa de mármol para no caer, pero doy una fuerte sacudida a las plantas prendidas. Salta una chispa que vuela muy cerca de Brontes. Parece que va a caer al suelo, pero, antes de aterrizar, el cíclope coge aire y la absorbe por la nariz.

—Joder.

Su inmenso ojo se abre y una gran lágrima de dolor se precipita desde el borde. Está a punto de deshacerse en un enorme berrido y yo solo puedo pensar en que si he llegado hasta aquí... no puedo achantarme ahora. Interrumpo su grito clavándole las plantas ardientes en el ojo. Me abalanzo encima de él. Lo agarro del cuello y le impido así emitir sonido alguno, y lo arrastro hasta el borde de la montaña. Intenta golpearme sin éxito, pero cuando consigue zafarse ya es demasiado tarde para él. Se precipita monte abajo y, por mucho que grite, el ruido apenas llega hasta donde estoy yo. No puedo cantar victoria todavía. Me ha visto y es cuestión de tiempo que vuelva y se chive a Zeus. No voy a librarme de esta, ni siquiera sé si en algún momento fue una posibilidad real. Qué más da, robar el fuego nunca ha sido algo que fuera a hacer por mí. Debo darme prisa.

Confío en que todos los olímpicos duermen y me deslizo por la parte frontal del monte. Prácticamente me he lanzado de cabeza. No puedo perder el tiempo descendiendo por donde he subido. Aterrizo al pie de la montaña. La llama aguanta, la planta apenas se ha consumido. Bien, hermano, bien. En ese momento oigo gritos. Son de Brontes. Aún le queda un trozo por subir, de lo contrario sus berridos no llegarían hasta mis oídos. Mis pasos se vuelven zancadas que se convierten en saltos y en pocos segundos ya estoy deslizándome por los aires, aunque no muy alto para no llamar la atención del dios de los cielos, que no tardará en despertarse. Me da por revisar el fuego y... Oh, no. La llama ha devorado la mitad de las plantas. Estoy yendo demasiado rápido y sin darme cuenta ya sobrevuelo el mar. El viento es mucho más fuerte aquí y las olas salpican. Me detengo un momento para pensar qué puedo hacer, pero echo la mirada atrás y veo que el cíclope ya está a punto de llegar a lo alto del Olimpo. No puedo ir más despacio. Tengo que arriesgarme. No hay otra opción. Doy la vuelta al manojo y pongo la llama cerca de mi barriga, levanto las rodillas para cubrir el viento trasero y cierro los brazos para protegerlo del que viene de cara. Busco con la mirada la isla de mi creación, escondo la cabeza para asegurarme de que ni una pizca de aire llegue hasta el fuego y retomo el viaje. A ciegas. Existe el peligro de chocar con el bosque e incendiarlo todo, pero consigo mover levemente la cabeza sin perjudicar la llama y visualizo un poco el mar. Donde ahora veo agua, antes del bosque en el que viven, tendré que atisbar la arena en la que nacieron. No soy capaz de calcular cuánto debe de faltar. Solo veo agua y más agua y más... ¿Qué es eso? Una criatura acaba de aparecer bajo el agua navegando a la misma velocidad que yo. Solo consigo verle la espalda. ¿Quién es? ¿La envía Zeus? No puedo hacer nada que ponga en riesgo el fuego. En cuanto me ataque estoy perdido. Ha ascendido hasta tener medio cuerpo en la superficie. Se está dando la vuelta. No, por favor... ¿Dónde está la arena? Tendría que verla ya y de momento solo veo la cara de...

—¿Madre?

—No te abandoné entonces ni lo voy a hacer ahora. Detente en tres, dos, uno...

No me pregunto nada, solo confío. Encojo la cabeza de nuevo para amortiguar la frenada y que ni siquiera una brisa fastidie el elemento. Me detengo del todo, miro al suelo y veo arena. Por todos los titanes..., pensé que no lo conseguiría. Un colosal estruendo retumba en el cielo. Zeus. Lo sabe. Corro. Me da igual el viento, me da igual si se consume. No pienso soltar las plantas, antes me prendo la mano, el brazo y el cuerpo si hace falta. Ya estoy llegando. Veo la cueva donde guardan la comida. Y a ellos. Durmiendo al raso, bajo la oscuridad. No me hace falta despertarlos, la luz de la llama ilumina sus rostros y se levantan sobresaltados.

—Calma. Soy yo. Vuestro creador, vuestro padre.

Sueltan gritos de sorpresa, de confusión, algunos incluso de pánico. Les hago un gesto con la mano para que se tranquilicen, pero es imposible. Están histéricos. No sé qué debo hacer ahora. ¿Se supone que ya está? ¿Es esto suficiente? ¿Me están contagiando su nerviosismo?

—Fuego —añado señalándolo.

—Fuefo, fueso, fueco... —repiten a la vez.

—¡¿Qué has hecho?! —exclama Diké, que acaba de llegar corriendo.

—Vete. Esto no va contigo.

—No... no, por favor, Prometeo, no se lo des. No lo estropees. Hablaré con Zeus, le suplicaré que te perdone...

—¡Son mis hijos! —grito.

—¡Hijos! —repiten ellos.

De pronto, los humanos están distintos. Imitan mi postura erguida, amenazante, y mi mirada de odio, que también dirigen a la titánide. Diké está asustada. Se acerca a ellos buscando una mirada amiga, pero ninguno cede.

—Rama, ven conmigo, no dejes que el fuego te convierta en algo que no eres...

—¡Rama! —grito.

Mi hijo se ha girado en cuanto he dicho la última letra de su estúpido nombre. Le hago un gesto para que venga y obedece.

—Padre.

Acaricio su cabeza y la junto con la mía. Miro de reojo a Diké, que observa la escena con un pánico terrible, y le dedico una sonrisa de victoria, de «jódete, no has podido quitármelos». Y vuelvo a mi hijo, que es lo verdaderamente importante.

—Te hago entrega del conocimiento y la evolución que vuestro falso creador intentó esconderos. Hijo mío, a partir de este momento y hasta el día que termine tu vida, tu nombre es Pyrarcos, «el líder del fuego». Compártelo con tus hermanos, trabajad en equipo y, sobre todo, protégelo. Esto es lo único que va a hacer que vuestra existencia valga la pena.

Extiendo el brazo hacia él, posa su mano encima de la mía y me separo dejando a mi hijo sujetando la llama.

—Fuego... —murmura.

Su expresión ha cambiado por completo. Veo ambición, fuerza, poder... y amor. Pyrarcos me mira y con la mano que tiene libre rodea su pecho. Los demás lo imitan, pero con ambas manos y se balancean. Me están abrazando. El fuego dará sentido a su vida, pero su existencia se la ha dado a la mía. Sea lo que sea lo que me pase, ha valido la pena.

ZEUS

13

Me despiertan unos gritos de pánico. Abro los ojos y en el interior de mis aposentos está Brontes, jadeando, con su ojo mirando al suelo y una mano levantada tapando el cuerpo de mi esposa para que no entre en su limitado campo de visión. Hera chilla al verlo y lo señala.

—¡¿Cómo se atreve?! ¡MÁTALO! ¡No puede entrar aquí! —me ordena.

Pero aquí quien manda soy yo. Y no estoy tan furioso como ella. Conozco al cíclope, siempre ha sido muy respetuoso. Me levanto de la mullida nube que me permite descansar cada noche y camino hacia él. Brontes se arrodilla y pega su frente al frío suelo. Habla, pero no entiendo lo que dice.

—Levanta —le exijo.

Obedece, pero sigue con la mirada en el mármol.

—Lamento la intromisión, todopoderoso Zeus, no lo hubiera hecho si no fuera de gran gravedad...

Mientras habla detecto una luz desconocida por el rabillo del ojo y me giro hacia ella. El cíclope me sigue, sin dejar de hablar, y su explicación se mezcla con lo que veo. Fuego. Una llama surca el mar.

—Oh, Altísimo, le pido disculpas si la acusación lo ofende, al ser vuestro amigo a quien señalo, pero mi ojo no me engaña. Se trata de...

—¡PRO-ME-TE-O! —grito.

El cielo cruje con el nombre del traidor. El cobarde. El ladrón. ¿Cómo se ha atrevido a hacerlo? ¿Qué ha visto? ¿Qué ha presentido? Quiero matarlo. No. Quiero destriparlo con mis propias manos y repartir cada átomo de su cuerpo por todos los rincones de la superficie para que sufra hasta el día en que se reencuentren. Quiero cortarle la cabeza en dos y hacerme sandalias con ella para que bese el suelo que piso. Quiero atarlo con las cadenas forjadas por Hefesto y usarlo de escoba, de martillo, de... Maldito seas, titán. Me has jodido.

—¿Qué sucede, padre?

Atenea se ha despertado. Está radiante con la túnica blanca que le regalé. Bella y respetable como la diosa virgen que es. Le hago un gesto a Brontes para que vuelva a su posición. No quiero que se enteren todos, así que me acerco a mi hija para contárselo y pedirle discreción, pero por detrás aparece Ares corriendo. Está medio desnudo y se pone el casco a toda prisa.

—¡PADRE! —grita—. ¿Nos atacan? ¿Han vuelto los titanes? He estado entrenando para este momento desde que nací. ¡Poneos detrás de mí y los devolveré al Tártaro a hostias!

No vivió la Titanomaquia, pero parece que le hubiese encantado. Está obsesionado.

—Como estrategia es floja, hermano —dice Atenea con sarcasmo.

—¡Tú sí que eres floja! Por eso debo protegerte, es mi deber.

Ares nos da la espalda y se pone en posición de batallar. Estoy demasiado aturdido por lo sucedido y no consigo encontrar el momento para contarle lo que ha pasado.

—¡Mierda! —grita otra vez—. Con las prisas me he olvidado la armadura, el escudo y la espada. Ahora regreso. No os mováis.

Se va corriendo de nuevo. Atenea suelta un gran suspiro y se vuelve hacia mí.

—¿Quién te ha traicionado, padre?

—¿Por qué dices eso?

—Te conozco. Estás enfadado, pero también triste. Nunca estás triste. Alguien te la ha jugado. Alguien cercano...

Ares es demasiado estúpido, pero Atenea demasiado lista. ¿No pueden encontrar un punto medio?

—Tu sabiduría es un buen poder, hija, pero no la uses conmigo —le advierto.

—Discúlpame.

—Prometeo ha robado el fuego divino y se lo ha entregado a los humanos.

Se lleva las manos a la cabeza.

—Esta no la vi venir, padre...

—Yo sí. Y ya te dije que no era buena idea.

No me hace falta darme la vuelta para saber que ese tono prepotente y ese vestido color púrpura que se refleja en el brillante suelo pertenecen a mi esposa. Ella sola ha decidido que lo que sí que es buena idea es meterse en la conversación para restregarme por la cara que tenía razón. Aunque no estoy para nada de acuerdo.

—Ahora no, Hera.

—Uy, perdona, no sabía que la opinión de la bastarda de tu hija era más importante que la de tu mujer.

—No le he dado mi opinión.

—No estoy hablando contigo, fea —la corta sin mirarla. Atenea aprieta los puños y respira hondo—. Zeus, querido, mátalo, castígalo como al resto de los degenerados de su raza, y de paso finiquitas a los cuerpos-escombro estos que te ha creado, que no sirven para nada.

—Necesito pensar —miento.

Lo que en realidad necesito es que se calle, pero no puedo decírselo. Suficientes problemas tengo como para soportar a mi esposa enfadada durante lo que sea que se le alargue la rabieta.

—Nunca me haces caso. Escuchas a todo el mundo, pero cuando soy yo la que te aconseja, entonces necesitas «pensar».

Aunque hay veces que haga lo que haga, se va a enfadar igualmente.

—Hera, querida, no es eso...

—No, no, no. Me ha quedado clarísimo. No soy suficiente para ti. Por eso me engañas con otras.

—No te engaño.

Técnicamente, eso no es mentira porque no soy infiel a mi matrimonio con ella. Mis sentimientos por Hera no los tengo por nadie más. Que a veces me apetezca follarme a otras no tiene la importancia que ella le da. Al fin y al cabo soy el que ejerce poder sobre todo y, por ende, todas las criaturas me pertenecen. Puedo hacer lo que me plazca con ellas. Pero mi esposa no está preparada para esta conversación. Ahora llora otra vez. Es insufrible.

—Me... voy... a... dormir... n-no vengas. Quie-ro estar... sola —dice entre exagerados sollozos.

Y se va. Atenea me mira, en silencio, pero sus ojos me preguntan: «¿Por qué te casaste con ella?». Porque, a pesar de todo, la quiero.

—¿Se puede saber por qué tu hijo me ha despertado a gritos diciendo que nos atacan los titanes?

El que faltaba. Mi hermano Poseidón y su inseparable tridente se unen a molestarme.

—Ha gritado porque Prometeo ha entregado el fuego a los humanos.

—¿Qué? —pregunta impactado—. Pero si quedamos en que no lo tendrían porque te había engañado con lo de la comida... No me digas que lo ha vuelto a hacer. ¿Te ha traicionado otra vez? Lo has reventado, ¿no?

Niego con la cabeza.

—No es tan sencillo.

—¿Que no es tan...? Ya lo hago yo.

Da un paso y le rodeo el cuello con una mano.

—Tú no vas a hacer nada.

A Poseidón aún le cuesta saber cuál es su lugar. O es que, directamente, no lo quiere aceptar. Me mira de reojo y asiente con una sonrisa más falsa que su respeto hacia mí. No me da miedo. Es demasiado cobarde como para enfrentarse a mí. Lo suelto.

—¡PADRE!

Es Ares. Ha vuelto. Armado hasta los dientes.

—¡Está del lado de los titanes! ¡Me ha lanzado monte abajo! —grita señalando a Poseidón.

Ojalá fuera cierto, sería la excusa perfecta para encerrar a mi hermano.

—Te he golpeado porque me has asustado, imbécil.

—¿Dónde están? ¿Ya los habéis matado? ¿Me he perdido la batalla? —insiste mi hijo.

—¡Que no hay batalla, pesado! ¡Prometeo ha robado el fuego del Olimpo y se lo ha entregado a los humanos!

Joder, Atenea. ¿Por qué la sabiduría tiene que ir ligada con ser una bocazas?

—¡¿QUÉ?! —exclama Ares temblando de ira.

—¡¿NUESTRO FUEGO?! —grita mi hermano—. ¡Pensaba que era el normal! ¡Eso sí que no, eh! ¡Haz el favor de matarlo!

Le contesto con la mirada y resopla frustrado. Da media vuelta y se va enfurruñado y haciendo aspavientos. No lo entiende, por eso nunca será capaz de ocupar mi puesto. Por más que aniquile a Prometeo, ya es demasiado tarde para deshacer su traición. El fuego olímpico y el bello hinojo, la planta que ha usado para portarlo, ya forman parte del reino de los mortales. Y lo más importante, aunque me deshaga de los primeros humanos, no quiero renunciar a mi plan. Voy a querer tener a otros y estos ya nacerán con el conocimiento que el titán les ha brindado. Quiero que sufra, sí. Que recuerde eternamente lo que ha hecho, pero algo me dice que esto es más grande que una simple traición. Y solo hay tres mujeres que pueden sacarme de dudas.

—Pero, entonces, ¿hay que matar a alguien o no?

Maldito Ares. Luego Hera se pregunta que por qué tengo hijos con otras.

14

Aunque no esté saliendo como había planeado, no me arrepiento de haber creado a los humanos. Y pese a que los quiera vivos, tengo ganas de ver como sus almas llenan el inframundo. No sé por qué Hades se enfadó tanto cuando le dije que ese sería su reino. No es todo tan colorido como la superficie, pero los campos elíseos sí que lo son. Y ahora que estoy sobrevolando su territorio me doy cuenta de que tanto verde... tanto bosque y tanta flor colorida agobia un poco. Este reino es más variado, tiene hasta un río de fuego, el Flegetonte. ¡No hay ningún río de fuego en la superficie! Aunque sí que es verdad que aquí no hay cielo... A mí me quitas el cielo y me quitas las ganas de vivir. No soy dios ni soy nada. Pero si no fuera por eso, esto sería increíble. Hades se queja por gusto. ¿Dónde está? Llevo un rato dando vueltas y no lo veo. Quiero hablar con mi hermano antes de... Uy, ahí está Caronte.

—¡Barquero! —grito mientras desciendo.

—Zeus... —dice con su particular manera de arrastrar las palabras.

Aterrizo con cuidado en su barca. Él no deja de remar.

—¿Has visto a Hades...? O sea... —me interrumpo a mí mismo al recordar que sus ojos completamente grises no conjuntan con su túnica asquerosa por decisión estética, sino porque es ciego—. ¿Sabes dónde está?

El barquero sonríe.

—No es tan grande el inframundo —responde.

Cuando tu madre es un ser primordial tienes cierta sensación de impunidad. Por eso se atreve a vacilarme. Pero a mí me importa una mierda que sea hijo de Nix.

—Vamos a llevarnos bien, Caronte. ¿Te parece?

—Me parece que no hace falta. Me quedó claro que mi labor, durante el resto de la eternidad, será acompañar las almas de estos mortales a su destino final. Y eso haré. Poco más estoy obligado a hacer.

—Harás lo que yo ordene.

—Yo obedezco al dios del inframundo.

—¿Y a quién crees que obedece Hades?

Sonríe otra vez.

—Esa es una muy buena pregunta.

¿Qué acaba de insinuar? ¿Que Hades va por libre? No puedo mostrarme inseguro.

—Dime dónde está.

—En los campos elíseos.

Buen chico.

—¿Puedo preguntarte algo, Caronte?

—No lo sé, Zeus. ¿Puedes?

—Tu barba era blanca, ¿verdad? ¿Este cambio de color ha sido por decisión estética o porque eres incapaz de limpiarte la mierda que se te acumula?

Abre la boca para decirme algo, pero no pienso quedarme a escucharlo. Despego con una potencia exagerada y vuelco su embarcación. Menudo fracasado. Lo oigo gritar enfadado, pero le acabo de hacer un favor, aunque no lo valore. Necesitaba un baño urgentemente. Normal que no tenga descendientes. Ninguna mujer debe querer acostarse con él. Y que siga así. Esa es otra motivación para mantener a los humanos. Cuantos más haya, más morirán y más ocupado estará Caronte. Y hablando de muertos... ¿qué hace uno con Hades?

—¡¿Me explicas esto?!

El alma del humano huye despavorido, pero Hades ni se inmuta, sigue tumbado en el césped elíseo.

—Has aterrizado encima de un naranjo, Zeus.

—Contesta.

—Ni un gajo de naranja ha sobrevivido. Lo has fulminado. Completamente innecesario esto.

Lo agarro de su rojiza cabellera y lo levanto a pulso.

—Te estás ganando una temporada en el Tártaro, hermano.

—¿Le doy recuerdos a padre de tu parte?

Cojo impulso con la intención de estamparle el puño en la cara, pero levanta las manos y me detengo.

—Vale. Ya me callo. ¿Qué quieres?

—¿Qué hace aquí? —pregunto señalando al alma que se esconde entre unos arbustos.

—Está muerto.

—Hades...

Resopla.

—No sé cuándo llegó, aquí no hay días ni noches. Caronte lo llevó hasta el prado de los asfódelos, tal y como dijiste, pero fui a hablar con él, por curiosidad. Quería saber qué le había sucedido, qué se sentía al morir y..., bueno, por lo que entendí se cayó de un árbol. Entonces le intenté explicar que los árboles no son malos, porque estaba emperrado con que lo había matado un árbol y, como en ese prado no hay, pues lo traje aquí para mostrárselo. Y ahora que lo pienso, ha ido muy bien que aparecieras. Era lo que necesitaba para entender que el peligro no son los árboles, sino tú.

—Muy gracioso.

—No era un chiste.

—Este lugar es solo para humanos excelentes y de momento no hay ninguno, pero te la voy a pasar porque necesito que me hagas un favor.

—Vaya... Pensaba que habías bajado para visitarme.

—Miento. Necesito dos.

—Eso me pasa por hablar. ¿Qué quieres?

—Dile que venga.

Hades silba y chasquea los dedos.

—Ven aquí. Corre. —El muerto asoma un poco la cabeza, pero no parece estar muy convencido—. No te preocupes, que no puede hacerte daño, ya estás muerto.

Se me escapa la risa, pero Hades me da un codazo.

—Golpéame otra vez y te ato a las ruedas del carro de Helios.

—Esto lo estoy haciendo por ti, Zeus. Si quieres, le digo la verdad, pero ya te digo yo que así no va a responder a...

—No tengo tiempo para tonterías —lo interrumpo.

Me lanzo encima de lo que queda de ese estúpido humano y lo arrastro hasta Hades mientras grita de dolor.

—Vas a tener que explicarme muy despacio porque los haces mortales si luego les das un alma eterna.

—Cállate. Pregúntale si sabe lo que es el fuego.

Mi hermano me mira confuso y se encoge los hombros.

—¿Sabes lo que es el fuego?

—No me jodas, Hades...

—Estoy haciendo lo que me pides.

—Pregúntaselo de la manera con la que te comunicas con él.

Resopla y se gira de nuevo hacia el muerto. Le hace gestos con los dedos y señala a su izquierda mientras mueve el brazo como si fuera una serpiente.

—N-no... primera... no antes —responde el muerto, que sigue aterrorizado.

—¿Qué dice? ¿Qué le has dicho?

—Le he preguntado si alguna vez había visto algo como el Flegetonte y ha dicho que no, que era la primera vez.

Me lo temía. Prometeo no llevaba tiempo planificando el robo. No les habló de ello antes de que yo se lo prohibiera. No debí habérselo dicho. No debí tener clemencia. Le bastó con desafiarme una vez para hacerlo una segunda. Tendría que haberlo mandado al Tártaro de cabeza. Ahora ya es tarde y estoy pagando las consecuencias de mi ingenua bondad. Pero, tarde o temprano, él también sufrirá y entonces seré yo el que ría.

—Bien. Ahora dime dónde están las Moiras.

Hades sonríe.

—Si tú me dices qué pasa con el fuego.

15

Me habría quedado un rato más, si no tuviera prisa, para averiguar si Hades se estaba mordiendo el labio porque estaba preocupado por la traición de Prometeo o porque se estaba aguantando la risa. Siempre ha sido el *rarete* de la familia. Su destino era acabar aquí abajo, lejos del Olimpo. Menos mal que seguí mi instinto y lo mandé al inframundo a tiempo. Un segundo más con nosotros y nos habría contagiado ese mal rollo que desprende. Aguardo en el borde del abismo del Tártaro mientras observo a los titanes, que un día creyeron que podrían aniquilarnos. El olor a inmortal quemado que asciende hasta mi posición es tan gratificante que podría pasar por alto el no tener cielo.

—Qué desagradable... —dice alguien.

Me doy la vuelta y ahí están, las tres, que acaban de soltar un grito y se están tapando los ojos.

—¿Qué hacéis?

Átropos, la mayor de las tres, entreabre sus dedos y se quita las manos del rostro.

—No la tiene fuera —dice.

—¿Seguro? —pregunta Cloto, la más joven.

—Confirmo —responde Láquesis, la de aspecto medio, que también se ha descubierto los ojos.

Cloto confía en sus hermanas.

—¿A qué viene esto? —pregunto confundido.

—Pensábamos que te estabas tocando —dice Átropos.

—Todas sabemos lo que te gusta regodearte con tus victorias —añade Láquesis.

—Qué asco, quiero vomitar —se queja Cloto cubriéndose la boca con la oscura túnica que visten las tres.

No las culpo. Podría haber estado masturbándome perfectamente.

—Tengo que preguntaros algo.

—Lo sabemos —dice la vieja.

—Ah, ¿sí? —pregunta Cloto.

—Sí —responde Láquesis.

—Ah. Pues sí —añade la más joven, de nuevo, y se le escapa la risa.

Me violenta un poco esta sensación de que todos los descendientes de Nix se ríen de mí. Si las Moiras no fueran hijas suyas las metería en una jaula y las obligaría a abrir esas bocazas.

—Pero antes tienes que hacer algo por nosotras —suelta Átropos deslizándose hasta mi posición.

Retrocedo al notarla demasiado cerca y ella frena en seco.

—El dios de dioses no debe tener miedo del destino, Zeus. Dame la mano y no te muevas si quieres que te muestre nuestro verdadero poder, pues debo hacerlo para que entiendas nuestra petición.

Odio esa atmósfera de misterio que envuelve sus palabras. Yo tengo autoridad sobre todo y no puede existir nada que se escape de mi conocimiento. Que insinúe que hay algo oculto que ignoro me hace sentir vulnerable, pero, al mismo tiempo, debo dejar que me lleve para conocerlo. Aunque el miedo intente impedírmelo. Extiendo mi mano y ella, con un movimiento rápido, saca un hilo de su manga y envuelve mis dedos dando una vuelta alrededor. Una fuerza extraña entra en mi cuerpo y llega hasta mis ojos. Entonces, en mi campo de visión aparecen hilos que antes no apreciaba, están por todas partes, se cruzan entre ellos. Unos suben a la superficie, otros descienden al abismo del Tártaro y algunos... no sé a dónde van. Hay demasiados.

—¿Qué es esto?

—Los hilos de la vida —responde Cloto.

—De todas las criaturas —añade Láquesis.

Estoy muy confundido.

—¿Hilos? ¿Qué...? No entiendo.

Átropos se ríe.

—Las profecías que todos ansiáis conocer no son más que las decisiones que nosotras tomamos cuando tejemos el hilo de vuestra existencia para definir un destino.

Siento asombro y pánico al oír esto. No soy idiota, sé que hay criaturas más poderosas que yo, pero me aterroriza darme cuenta de lo insignificante que es mi poder y lo mucho que debo ejercer la violencia para equilibrar la balanza. Debo ser frío como el hielo. Inimpresionable. Me la sudan estos hilos, pero debo controlarlos. Abro los dedos y rompo el que los envolvía. Como si lo que acabo de ver no me importara lo más mínimo.

—Muy bien. ¿Qué queréis?

Me miran sorprendidas. Normal. Me la suda su poder. Deben saberlo. Les escupo en los estúpidos hilos si hace falta para demostrárselo.

—Más —responde la vieja.

—¿Más qué?

—Hilos.

—Bueno, realmente, hilos no. Hilos puedo hacer los que quiera —corrige la joven.

Átropos resopla.

—Sí —añade Láquesis—. Pero queremos más seres a los que atar estos hilos.

Un momento. ¿Me están pidiendo lo que creo que me están pidiendo?

—Con otros seres os referís a...

Las tres asienten.

—Pero... no lo entiendo. ¿Para qué? Son insignificantes. No son inmortales. Su destino siempre será la muerte.

¿Qué saben que yo no? ¿Por qué quieren involucrarse?

Ni con la mirada responden a mis preguntas.

—Si quieres saber, debes darnos permiso para hilar las vidas de los que existen y de los que vendrán.

¿«De los que vendrán»? Necesito respuestas.

—Sí, vale. Podéis hilar... hacer eso que queréis hacer. Pero hablad.

Las Moiras sonríen satisfechas y Átropos me rodea con un brazo, sin que apenas me dé cuenta, y me aleja del abismo.

—Escucha atentamente, pues solo lo diré una vez y con una voz que solo tú puedes oír pues esta profecía no le pertenece a nadie más que a ti y a quien tú decidas. —Asiento con firmeza—. Bien. Forjarás a la primera mujer, humana, de belleza divina, portadora de todos los dones y de la ruina de su estirpe. Al titán que todo recuerda se la entregarás. Mantén distante al ladrón, mas no derrames su sangre aún y deja que la incertidumbre le reconcoma. Espera... Cuando los males se liberen, haz que caiga la peor de las aguas sobre los primeros. Pero cuida a los vástagos de los hermanos, pues de sus manos nacerán los nuevos de ambos sexos y el castigado observará el precio de su traición.

—¿Una mujer humana? ¿Su ruina? ¿Nuevos humanos? ¿Qué? —pregunto un poco aturdido.

—No podemos responderte a nada acerca de la profecía —sentencia Láquesis.

Me rasco la cabeza, pensativo. Están pasando muchas cosas que no comprendo y no puedo irme de aquí sin, al menos, entender algo.

—Los hilos. ¿Cómo funcionan? ¿Qué hacéis? ¿Qué haréis con ellos?

—Yo los hilo, Láquesis los mide y Átropos...

La Moira anciana saca unas tijeras negras a juego con su vestimenta lúgubre como el rincón más recóndito del Érebo.

—Yo decido el final y los corto.

—¿Y... el final es...?

—¿Negociable? —Sonríe y guarda las tijeras—. Todo en la vida lo es. Y en la muerte también.

Me voy con más preguntas de las que tenía, pero con las suficientes respuestas para entender que mi decisión de crear a estos seres ha cambiado el mundo tal y como lo conocemos. Aunque no me haga ninguna gracia, ya que esa no era mi intención, no puedo sino sentirme orgulloso de ser su padre.

16

Al volver del inframundo he visto a los humanos. De lejos. No quería hacerlo. Tenía miedo de ver algo que no me gustara y que despertara en mí ese instinto asesino, pero no he podido evitar desviar la mirada hacia ellos. Están construyendo. No he visto más. Tampoco he querido acercarme. Si desde esa distancia ya me costaba contener mi impulso de aniquilarlos, más cerca habría sido imposible. No debo hacerlo. La Moiras han dicho que espere a que el mal se libere... Pero ¿qué mal? Estoy tumbado a los pies de mi trono tirándome de los pelos, intentando soportar la frustración que siento. Los humanos tienen hogares... No me lo puedo creer. No he visto a Prometeo, pero seguro que debe de estar con ellos, ayudándolos. Y ¿Diké? Ya ni me acordaba de ella. No me extraña. ¿Para qué cojones la mando allí si no ha hecho nada para evitarlo? Por todos los dioses, cómo envidio el poder de las Moiras.

—¿Qué ha pasado?

Levanto la cabeza. Es Hera. Lo que me faltaba ahora. Tener que encargarme de que crea que su ayuda es vital para mi bienestar. ¿Qué hago? ¿Le miento? ¿Le digo que no pasa nada? ¿O se molestará porque sabe perfectamente que algo ocurre y si no se lo cuento pensará que es porque no quiero su ayuda? Que es verdad, no la quiero, pero esto ella no debe saberlo. Atenea tiene razón. ¿Por qué me casé con ella?

—Una profecía.

—Uf. Ya empezamos. A ver...

Opto por la sinceridad. Cuando elegimos el camino de la mentira como atajo, acaba siendo el más largo. Se la cuento. La he memorizado.

—¡Agh! ¡Cómo las odio! —grita furiosa.

Me pongo en pie. No entiendo su reacción.

—¿Por qué?

—¿No te das cuenta? ¡Quieren apoderarse del Olimpo!

—¿En qué parte de la profecía dicen eso?

Hera resopla.

—¡Al principio! ¿«Una mujer de belleza divina portadora de todos los dones»? ¿Acaso no lo ves? Quieren que crees a una mujer como yo para romper nuestro matrimonio y aprovechar el momento para derrocarte.

Tengo la ligera sensación de que eso es todo lo que ha escuchado.

—Hera... Literalmente después de eso dice: «Al titán que todo recuerda se la entregarás». Se refiere a Epimeteo. Será para él.

—Ya, pero ¿mientras no se la entregues?

—No habrá un «mientras», lo haré de inmediato.

—Ya, pero ¿y durante el trayecto de la entrega? ¿Qué? ¡Pueden pasar muchas cosas allí!

¿Diosa del matrimonio o de ser insoportable?

—¡Pues no la entregaré yo! Joder. Estate tranquila, hostia.

No debería haberle hablado así.

—A mí ese tono no, ¿eh? ¡Encima que te ayudo!

—Hera, por favor, para.

Debería haberle mentido. Se avecina una de nuestras discusiones en las que termino destruyendo lugares. Si llego a ese punto de ira fulminaré a los humanos y a Prometeo de un suspiro. Nunca he podido controlar a Hera y ahora no será una excepción. Está a punto de soltar todo su veneno por la boca, pero algo pasa por su mente que hace que se lo piense dos veces antes de desencadenar una pelea. Baja el dedo con el que me estaba apuntando y lo desliza por mi pecho haciendo círculos. Me mira de arriba abajo y con la otra mano me acaricia la entrepierna.

—¿Ahora también quieres que pare?

Esta es otra de las posibles consecuencias de cuando estamos a punto de discutir. La agarro por el culo, ella rodea sus piernas en mi cintura y con un movimiento de cadera me sienta en el trono sin desanclarse de mí. Empieza a moverse. Gime. Cómo sabe lo que me gusta. Intento participar en su contoneo, pero me pega un manotazo y me sujeta las muñecas. Sin cortar el movimiento levanta mis manos y me lame el cuello.

—No hay mujer como tú —le digo.

—Lo sé. Por eso te inspirarás en mí para dar forma a esa humana, ¿verdad?

Por todos los dioses. No se ha puesto cachonda. Está intentando manipularme. Otra vez.

—Mejor lo hablamos luego, querida...

Hera me suelta las manos y se levanta de un salto.

—¿¡Qué pasa!? ¿¡Tienes otra diosa en mente!?

—¿Qué dices? ¡Por supuesto que no!

No estoy mintiendo porque ni siquiera he pensado en eso aún. No he tenido tiempo.

—¿Entonces? ¿Por qué no puedes decirme que sí? ¿Por qué lo quieres «hablar luego»?

Pues porque quizá no quiero que se parezca a ti. Pero eso no se lo puedo decir porque se volvería loca. Más, si cabe. Intento retomarlo donde lo habíamos dejado, pero me suelta un bofetón y se pone a llorar. Otra vez. No la soporto.

—Hera, por favor. Basta. Te pasas los días así.

—¡Y tú te los pasas engañándome! ¡Días y noches! ¡Me obligaste a casarme contigo y ni siquiera eres capaz de esforzarte en cuidar nuestro matrimonio!

—¿Qué acabas de decir? —La agarro por el cuello y la levanto del suelo—. Puedo soportar tus lloriqueos y tus celos absurdos, pero ni se te ocurra volver a decir tal cosa. Yo no te obligué a nada. Te casaste conmigo porque quisiste. Porque me amas. ¡Y punto!

Me golpea el brazo y la suelto. Tose y sigue llorando. Para variar.

—¿Cómo te atreves a acusarme de tal cosa? Estás obsesionada con que no me acueste con otras, ¿y ahora me dices que te casaste por obligación? ¿Qué más te da a quién me folle, entonces?

—Porque... quie-quiero... que me respetes.

—Así que una humana con belleza divina...

Otra diosa está apoyada en una de las columnas de la entrada a la sala del trono. Sacude su vestido rosado mientras ríe con malicia. Hera se pone en pie en cuanto la ve.

—Siento la interrupción, pero es que vuestras discusiones son interminables y tengo cosas que hacer.

—¿Cuánto rato llevas aquí, Afrodita? —pregunto.

—El suficiente.

—Lárgate. Dile que se largue —me pide Hera secándose las lágrimas.

—Está muy feo que pretendas esconder esta profecía al resto de los dioses, Zeus.

—¡Cállate!

—Estás un poco histérica, Hera —le dice Afrodita con un tono violentamente tranquilo—. ¿Quieres que pida a los vientos que te soplen un poquito de aire fresco en la cara? A ver si así te relajas.

Hera avanza hacia ella decidida a hacer temblar el Olimpo.

—En la cara te voy a dar yo... ¡Asquerosa!

—¡Basta! —grito poniéndome en medio.

—¿A qué has venido?

Se ríe.

—A salvar a la primera mujer humana de parecerse al engendro de tu esposa.

—¡LA MATO!

Hera intenta pasar por encima de mí, pero consigo retenerla.

—¿A qué vienen estos gritos? ¿Es Prometeo, otra vez?

Atenea acaba de llegar. Si en vez de columnas y cortinas hubiera paredes, mi existencia sería mucho más tranquila. Afrodita aprovecha que estoy ocupado intentando calmar a Hera para contarle a mi hija todo lo sucedido.

—Padre, yo tampoco creo que la primera humana deba ser creada tomando como base a Hera.

—¿Lo ves? De diosa de la belleza solo hay una...

—Deberías inspirarte en mí.

Hera y yo dejamos de forcejear y miramos a Atenea con la misma cara de incomprensión.

—¿Perdona? —pregunta Afrodita ofendida.

—Padre, las Moiras han dicho «belleza divina», así que el aspecto de cualquier diosa valdría, no hace falta que sea la suya. Además, si a tu esposa le reconcome la idea de que podrías sentirte atraído por ella, lo mejor será que no se parezca a ella, sino a mí, que me respetas.

No siempre es una bocazas. Hay veces en las que sus intervenciones me sacan de unos problemas que parecen insalvables. Esta es la mejor reflexión al respecto y creo que ni Hera ni Afrodita pueden cuestionar su validez.

—¡No te lo crees ni tú! ¡Bastarda!

—Serás muy sabia, Atenea, pero las guapas no somos tontas. Tú lo que quieres es que se parezca a ti porque tienes un ego que no te cabe en el casco.

17

Es increíble la creatividad que tienen las diosas para faltarse al respeto y, sobre todo, el aguante para soportarse. Yo a la primera faltada hecha por un semejante lo mando al Tártaro de un rayo en la cabeza. Si algo he aprendido desde que me gané el trono es que lo mejor es no meterse en discusiones de diosas. Que se apañen ellas con sus temas. De momento, nunca se han matado. El único daño que se hacen es emocional. Lo disfrutan más. No quieren ver a su enemiga muerta, sino que sufra. A no ser que se trate de alguna ninfa. Hera no las soporta. Se queja de que siempre la engaño con una diferente, pero es que ninfa que me follo, ninfa que se carga. Prácticamente me empuja a ir a por otra. Es una mujer muy complicada, pero la quiero. Me ha dado hijos muy útiles. Alguno más que otro. De hecho, se intentó deshacer del más eficiente, Hefesto. Le pareció demasiado horrendo para ser el primero y se asustó. A veces pienso que no es hijo mío, de mis genes no podría nacer una criatura con tan poco *sex appeal*, pero es que Hera es mi hermana. Los compartimos. Supongo que un error lo puede tener cualquiera. Eso sí, será feo, pero, gracias a ello, su madre lo tiró monte Olimpo abajo y acabó criándose con la nereida Tetis en la isla de Lemnos, donde desarrolló una habilidad extraordinaria para forjar. Yo no supe de su existencia hasta el día de mi boda con Hera. Recibimos un regalo impresionante, un trono de oro que, al parecer, no era de ninguno de los presentes. Mi ya esposa quedó tan maravillada que se sentó en él y no pudo volver a levantarse. Emergieron unas cadenas de los reposabrazos que la dejaron inmovilizada. Todos la intentamos liberar, pero esas malditas cadenas estaban forjadas de tal manera que era imposible quebrarlas. Entonces él, Hefesto, apareció de la nada, con esa cara tan asimétrica y su particular cojera fruto de la caída del monte en su nacimiento. No abrió la boca hasta que estuvo enfrente de su madre y entonces reveló su identidad. Nos contó lo que le había hecho y pidió justicia, pero no para ella sino para él. Quería unirse a la familia, como un olímpico más. De lo contrario, no la liberaría. Hera y yo aceptamos. Los demás también, hasta que justo antes de desencadenarla se fijó en Afrodita y la añadió al trato. La quería como esposa. Entonces, tanto Afrodita como Ares, que por aquel entonces estaban liados, se enfrentaron a él, pero me interpuse y cedí a la petición de Hefesto. Para que luego Hera diga que no la priorizo. Mi decisión hundió a Ares, pero Afrodita se lo tomó como un ataque personal hacia ella. Intenté explicarle que no tenía nada en contra de ella, que si Hefesto hubiera señalado a Deméter habría hecho lo mismo. Pero eso no la calmó. Se le fue la pinza por completo. Tuve que amenazarla con enviarla al Tártaro a rastras si no se tranquilizaba. A partir de aquel momento, Afrodita empezó a ser más arisca conmigo y a aprovechar todas las oportunidades que le iban surgiendo para joderme, como ahora al intentar sacar de quicio a mi esposa. Pero no es nada que no pueda soportar. Se lo permito porque, de momento, está cuando la necesito y si quiere tener los privilegios de una olímpica debe seguir estándolo. Pero no me va a temblar el rayo si algún día dejo de necesitar a esta hija de puta. Además, no se puede quejar mucho de mí porque es la única diosa no virgen que no me he follado. Irónicamente, la diosa de la belleza no me pone cachondo. Gusto impopular. Por eso mismo no puedo ser yo el que cree a la primera mujer humana, sino el dios con las preferencias más comunes posibles.

—¡Querido hijo!

—¿Padre?

Hefesto está tumbado en la arena. No sé si es una señal, pero me ha recordado a cuando Atenea me contó que se encontró a Prometeo en esa misma posición cuando debía estar dando forma a los humanos.

—Así que aquí es donde creciste...

Se levanta a toda prisa. Su fino y escaso pelo castaño hace de tobogán de los granos de arena que no logran aferrarse a él y se precipitan con el resto. Sus enormes ojos verdes, a ratos coordinados y otros independientes, a juego con los dientes que apuntan a direcciones que ni sabía que existían, me miran con tal asombro que me provocan repelús. Camina hacia mí, con toda la rapidez que físicamente puede, balanceándose como un péndulo, y abre sus brazos. Le mando un leve calambre a la pierna mala antes de que esté lo suficientemente cerca como para poder abrazarme y cae al suelo de lado.

—¿No puedes forjarte una pierna nueva?

Se levanta con sorprendente agilidad.

—No, padre. Forma parte de mí, mas sería una ofensa a mi pasado cambiar lo que me ha permitido tener un legado. Esta cojera me recuerda que en mi nacimiento no fui querido y casi hundido de no ser por la nereida que me llevó hasta aquí, donde en un habilidoso creador me convertí.

Mmm, ¿qué ha sido eso?

—¿Por qué hablas como las Moiras? ¿Qué ha pasado? ¿Qué te han hecho?

—Si te refieres al sonido repetitivo que enlazo con gran atractivo al final de las palabras es debido a esta soledad macabra a la que me enfrento cuando construyo. Pues solo estamos yo y, cuando salgo de mi taller a respirar, el firmamento. Tanto tiempo en silencio me ha hecho valorar cada intercambio verbal y, hasta en el lecho, si oso pensar en voz alta, intento envolver mis reflexiones con la belleza de las rimas y cada vocablo salta con delicadeza y esto que para muchos puede ser una tontería, a mí me entretiene y alivia mi tristeza.

Me toca mucho los cojones que la creatividad tenga que ir ligada con el delirio, pero prefiero un millón de veces que hable como si cada cosa que diga fuera una profecía a que se le vaya la cabeza hasta el punto de robar el fuego olímpico.

—Ya, bueno, pues no hace falta que hables mucho ahora, con que escuches es suficiente. Tengo un trabajo para ti. —Abre la boca. Va a decir algo—. Que te calles, he dicho. —Asiente, un poco resignado—. No deberás usar tu fragua, sino tus manos. Y lo harás aquí, en la arena. Como Prometeo en su momento, darás forma a un nuevo humano, pero, en este caso, será una mujer. La primera de todas.

Hefesto agacha la cabeza y clava la rodilla de su pierna mala en el suelo.

—Agradecido me hallo y honrado me siento, semejante labor me deja sin aliento y, orgulloso, me convierto en tu vasallo.

—Tendrías que haberlo dicho al revés. Primero «siento» y luego «hallo».

—Discúlpame, son los nervios, mas no esperaba...

—Cállate, haz el favor. —Obedece y asiente de nuevo—. Pues eso. Lo que iba diciendo. La primera mujer. Con tierra y agua. Pero lo más importante es que al moldear su cuerpo y su rostro deberás inspirarte en la belleza de todas las diosas del Olimpo por igual. Deberás elegir lo que te parezca más bello de cada una de ellas y lo plasmarás en esta futura humana. Pero no puedes decírselo a nadie. Es cuestión de tiempo que Afrodita, Hera o incluso Atenea, cuando sepan que eres tú el creador, vengan a atosigarte con preguntas para saber si te estás inspirando en alguna de ellas y tú no podrás decirles la verdad, pero tampoco deberás mentirles. Simplemente no responderás. Dejarás que ellas crean lo que quieran. ¿Entendido?

—Me gustaría saber, si no es muy atrevido, ¿por qué la verdad debo esconder? ¿Cuál es el motivo?

Me alegra que me haga esa pregunta, pero no le daré el privilegio de saberlo. Le sonrío para que lo intuya y le paso un brazo por encima de los hombros.

—Verás, hijo. A las mujeres, ya sean divinas o mortales, lo que más les preocupa es su aspecto. Lo es todo para ellas. Mientras a los hombres se nos juzga por nuestro poder, a ellas las juzgamos por su belleza. La Titanomaquia empezó porque tu abuelo, Cronos, temía que sus hijos le arrebatáramos sus dominios. Y no ha habido guerra más terrible que esa. Pero solo las Moiras saben qué podría suceder si un hombre en calidad de juez decidiera quién es la diosa más bella. Y esta situación no debe darse nunca.

—Comprendo tu preocupación, padre querido, pero en voz baja lo digo, por si es oído. ¿No es Afrodita, mi amada y reina divina, la más bella, pues es ella la que lleva el título que así la denomina?

—Que sea la diosa de la belleza no significa que sea la más bella, al igual que ser el dios del cielo no me convierte en un manto de estrellas. Uy, ha rimado. Lo tuyo es contagioso, ¿eh? ¡Ha, ha, ha!

Creo que es la primera vez que me río desde que Prometeo robó el fuego.

—¿Eso quiere decir que me he casado, por error, con una diosa que carece de esplendor?

Por todos los dioses. Ahora sí que me estoy riendo todo lo que no he reído estos últimos días.

—Hijo mío. Que precisamente tú estés preocupado por si Afrodita no es tan bella, es el perfecto ejemplo de la poca autoconciencia que los hombres tenemos sobre nuestra belleza. Pero, ¿eh? Que siga así. ¡Ha, ha, ha! Prefiero preocuparme por el poder antes que por cómo tengo el pelo. Y ahora deja un rato las rimas y ponte a trabajar.

18

Solo hay una manera de aliviar el estrés al que me estoy viendo sometido: follando. Mi mujer no me puede ayudar con esto, sería muy irrespetuoso por mi parte usarla para olvidar mis problemas. Aparte de que ella es uno de ellos. No puedes secar un charco con más agua. Para eso existen unas mujeres hermosas y eternamente jóvenes, delicadas e inofensivas, que se pasean por los bosques, montañas y aguas esperando a que yo vaya a calmar mis nervios con sus cuerpos impolutos... aunque dejan de estarlo cuando pasan por mis manos. Pero, por suerte para mí, hay tantas que siempre hay una nueva que estrenar y las usadas pueden quedárselas los otros dioses. Ay, mis queridas ninfas. ¿Qué haría yo sin ellas? Me declaro ninfomaníaco. ¡Ha, ha, ha! Antes había unas cuantas en el lago que hay al pie del monte Olimpo. Es una pena que se hayan ido, no molestaban. Al contrario. Pero las entiendo, Hera se vuelve loca cuando se entera de que me he follado alguna. Las asesina. Está fatal de la cabeza. Pero mientras mate a las que ya han pasado por mí y no al revés, no le diré nada. Es irónico porque cuando hace estas cosas me estresa aún más y provoca que quiera desfogarme con otra ninfa. Prácticamente me empuja a hacerlo. Como ahora, que estoy sobrevolando montañas en mi forma animal, pero con la incertidumbre de si me estará siguiendo.

—Aquí estáis.

Acabo de ver a unas náyades, ninfas de agua dulce, bañándose en un lago. Hay muchas, pero nunca demasiadas. ¿Cómo me presento ante ellas? ¿Con sutileza? Nah... Hemos venido a jugar. Desciendo en picado y suelto un graznido. Me miran aterrorizadas. Me encanta. Justo antes de aterrizar, me despido de mi disfraz de águila y, al poner los pies en el suelo, las bellas criaturas se quedan inmóviles. He sometido a tantas que me resulta imposible recordarlas a todas. Pero hay algo que las nuevas no saben y es que nada me pone más cachondo que perseguirlas. Dos ninfas salen del agua de un salto y empiezan a correr bosque a través. Qué grata sorpresa. Por mi gracia divina tendré el doble de placer.

—Gracias, queridas —les suelto a las otras.

Parecen preocupadas por las novicias, pero no debían de estarlo tanto si no se molestaron en avisarlas. Vuelvo a mi versión rapaz y me elevo por encima de los árboles. Las veo. Corren desesperadas, mirando hacia atrás, a los lados, a todas partes menos arriba. Las veteranas siguen inmóviles. Saben que no hay nada que puedan hacer y si lo intentan las obligaré a mirar. Su miedo es el olor de mi plato favorito. Me eriza las plumas. Mi libido aumenta a un ritmo exagerado, pero me contengo. Quiero disfrutar un poco más de su pánico. Cierro los ojos para controlar mi deseo. Mierda. Las he perdido.

—No me jodas.

Hago un barrido por encima de los árboles.

—¿Dónde estáis?

Las veo. Mierda. No están solas. Sátiros. Mitad hombres, mitad cabras y completamente imbéciles. Dos de estas criaturas asquerosas las rodean. Me han jodido los preliminares.

—¿Quién os ha dado permiso para acechar a ninfas?

Los tengo boca abajo, sujetando a cada uno por un cuerno.

—Pe-pe-perdona... no-no sabíamos...

Lo hundo en el suelo dejando solo las pezuñas en la superficie. Las mueve. Ahora ya no.

—¿Las habéis tocado?

El otro sátiro niega con la cabeza.

—No, señor, no-no hemos llegado ni a ro-rozarlas...

—Si me mientes, te haré sufrir tanto que desearás acabar como tu compañero.

Niega de nuevo.

—No-no-no le miento, se-se lo juro por...

—¿Por quién?

Traga saliva.

—Por nadie, por nadie. Se-se lo ju-juro y ya está.

Me vuelvo hacia las ninfas que están apoyadas en un árbol.

—¿Dice la verdad? ¿Os han tocado?

No hay consenso. Una niega con la cabeza y otra asiente.

—Vaya... alguien está mintiendo.

El sátiro abre la boca para hablar, pero se la cierro de un chasquido.

Las ninfas se miran e intercambian muecas.

—Hablad.

—A nosotras no nos han tocado, pero...

—Pero ¿qué?

Se miran de nuevo.

—No tengáis miedo. Si estos seres repugnantes os han hecho algo no es culpa vuestra.

—Hace unos días... vinieron y violaron a unas cuantas...

Me vuelvo hacia el sátiro.

—¿Que hicisteis qué?

Sigo sin dejarlo hablar. Se sacude. Abre los ojos intentando expresar con la mirada lo que no le permito expresar con la boca. Pero no quiero oírlo. Lo tumbo en el suelo y le arranco un cuerno. No le dejo ni gritar. Le arranco el otro. Se los clavo en la cintura y lo rajo hasta los pies, sin dejarlo morir. Las ninfas sí gritan, pero les hago un gesto con la mano para que no se vayan. Despellejo toda su piel de cabra y sus patas desnudas se tiñen de la sangre que brota de donde antes tenía los cojones. Lo agarro por la cola, la trasera, y lo ato en la rama de un árbol, dejándolo colgando a pocos centímetros del suelo.

—Voy a mostrarte lo que no podrás hacer nunca más en tu vida, ni en tu muerte.

19

Hay algo de la profecía que no me deja descansar. La mujer ya se está creando y la entrega a Epimeteo se hará cuando esté lista, pero no estoy seguro de que eso sea lo único que requiera de mi participación. Vuelvo a tumbarme a los pies de mi trono, pero con las piernas encima del asiento y la mirada al cielo. Así pienso mejor.

—«Portadora de la ruina de su estirpe»: eso es lo que dijeron las Moiras. ¿Qué significa? ¿Se supone que boicoteará a los humanos? ¿Les traerá desgracias? ¿Cómo? ¿De manera consciente? ¿Sin querer? ¿Debo hacer algo al respecto? ¿Qué puede arruinar a los humanos? ¡Por todos los dioses, cuántas preguntas sin respuesta!

Me levanto de golpe. No ha funcionado. Me he agobiado aún más. Tendré que ir en busca de más ninfas. Me dispongo a salir, pero una mujer acaba de entrar en la sala de mi trono. ¿Quién es? No me suena. Tampoco me ha dado tiempo a verla bien, ha clavado la rodilla en el suelo y está inmóvil con la cabeza gacha. Solo veo su anaranjada cabellera, que se precipita hacia delante y me pide a gritos que se la agarre. No es una ninfa, pero después del festival de placer del otro día, puedo conformarme con cualquiera.

—Todopoderoso Zeus, siento haberos decepcionado.

Pero ¿qué dice? Si no le ha dado tiempo.

—¿A qué te refieres?

Levanta la mirada y enseguida reconozco ese rostro que lleva mis ojos.

—Padre, soy yo.

Uf. Qué cortada de rollo.

—Diké... ahora no.

—Estoy preocupada por los humanos.

—Un poco tarde, ¿no crees?

Paso por su lado y la dejo atrás. No quiero verla ni un segundo más. Pero me sigue y me cierra el paso.

—Asumo mi parte de responsabilidad, padre.

—Estupendo. Ahora sal de en medio.

—¿Con el cíclope que tenía que proteger el fuego también habéis sido tan duro?

—Brontes es el creador de mis rayos y, gracias a ello, los dioses ganamos la guerra. Así que cuando hagas algo parecido por mí, entonces podrás equivocarte.

La adelanto de nuevo, pero vuelve a cortarme el paso. Me estoy dando cuenta de que hasta que no diga lo que sea que me quiera decir no me dejará en paz. Le dedico un gran suspiro y retrocedo hasta poner mi culo en el trono.

—¿A qué has venido, Diké? ¿Qué ha pasado? ¿Prometeo les ha dado algo más a los humanos? —pregunto evidenciando mi intención de vacilarla.

—No. Pero sí.

Maldigo el día en el que me acosté con Temis. Qué ingenuo fui. Venía de follar como un loco con otra titánide, Mnemósine, que parió a las musas y pensé que hacerlo con otra de su estirpe no sería mala idea.

—Explícate antes de que pierda los putos nervios.

—Los humanos lo adoran. Lo idolatran. Porque creen que el fuego, que les está dando conocimiento y les está permitiendo experimentar y descubrir nuevas cosas, les traerá felicidad. Pero lo que no saben es que su querido Prometeo les ha dado un regalo envenenado.

—¿De qué hablas?

—Él quiere que los humanos sean como vosotros, por eso les ha dado vuestro fuego...

—Continúa.

—... pero lo que no ha tenido en cuenta es que, además de poder y conocimiento, también tenéis conflictos.

—No me digas.

—Claro. El poder corrompe. Los dioses sentís envidia, odio... y eso os lleva a tener peleas que pueden acabar en guerras terribles. Pero no es lo mismo que divinidades inmortales se enfrenten en terroríficas batallas a que lo hagan ellos, cuya vida es un suspiro. Sus guerras no solo provocarán muerte, sino también hambruna y sufrimiento. Se engañarán, se traicionarán entre ellos. No puedo ni imaginarme cómo será su vida, padre. Lo que ha hecho Prometeo es terrible. Los humanos no merecen esto. Ellos no nacieron predispuestos a enfrentarse. Eran puros. Han tenido algún pequeño conflicto, sí, pero nada que no se pudiera solucionar. Ahora...

—¿Ahora qué? ¿Tienen peleas?

—No. Aún no. Pero creo que es cuestión de tiempo. Y todo por culpa de ese traidor.

Pero ¿qué está diciendo? ¿Qué tendrá que ver el fuego divino con las guerras? ¿Acaso no sabe que la envidia, el odio, la ira y todos estos males son hijas de Nix? Pues seguramente no. Es demasiado joven para saberlo. Esas criaturas solo nos contagiaron a nosotros porque en la antigüedad vivían libres por el mundo junto con nuestros antepasados y, aunque luego su madre las encerró en el inframundo, su huella ya había marcado a todas las estirpes existentes. Pero los humanos son muy posteriores y, a no ser que ahora alguien libere estos males, no tendrán estos conflic...

Hostia.

Hostia, hostia, hostia. «Portadora de la ruina de su estirpe.» «Cuando los males se liberen.» ¿Cómo no lo he pensado antes? ¡Es esto! ¿Lo es? ¡Tiene que serlo! Las Moiras sabían que esta conversación con mi hija iba a suceder. Por eso lo dijeron así.

—Diké, querida, que sepas que, aunque no hayas evitado la traición de Prometeo, no me arrepiento de haberte enviado con él.

—¿Lo dices de verdad?

Me está abrazando. ¿Cómo hago para que se despegue? Tengo cosas que hacer.

—Claro que sí, hija. Ahora vuelve con los humanos. Corre, que te necesito allí. Vigilando que no se vuelvan como nosotros.

—Cuenta con ello, padre.

—Esa es mi chica.

20

No estoy familiarizado con esta sensación de vulnerabilidad. Con el miedo sí. Los demás creen que no, pero siempre lo tengo. El pánico es lo que me hace ser impulsivo y finiquitar cualquier amenaza. Aunque a veces tenga que tomármelo con más calma para que no me explote en la cara. Pero esto es diferente. Es la primera vez que intento comunicarme con uno de los primordiales: los entes que estaban aquí antes que el aire, el fuego, el agua y el cielo. Ni siquiera he conseguido tener una conversación con mi abuela Gea, la tierra que todos pisamos. Pero ahora debo tener una con su hermana, Nix, la noche, la capa oscura que cubre el cielo cuando Helios desciende con su carro de fuego. Eso es a lo que estoy esperando. Junto a mi gran carruaje estrellado, preparado para camuflarse en el cielo de Nix, y mis queridos caballos Janto y Balio, hijos de Céfiro, el dios del viento del oeste, y la harpía Podarges. Cada vez que miro a estas bellas criaturas capaces de surcar las alturas como si estuvieran paseando por su propia casa, me pregunto cómo pueden descender de una puñetera harpía. Mujeres con cuerpo de pájaro que usan sus heces como proyectil. Asquerosas. Estos caballos son un milagro y, como no podía ser de otro modo, son míos. Por mucho fuego que tengan los humanos, no pueden ni soñar con sentarse en un carro tirado por criaturas de este calibre. Si eso llegara a suceder, ya no habría diferencia entre ellos y nosotros.

La última luz del día acaba de apagarse. Selene ya ha ocupado su sitio en la bóveda celeste y la noche ha comenzado. Ha llegado el momento. No sé cómo se lo va a tomar. O si me va a dirigir la palabra. O si me va a escuchar siquiera. Pero más peligroso es permitir que Prometeo se salga con la suya. Me monto en mi carro y los corceles inician el trote. El Olimpo está despejado. Los demás están en sus aposentos u ocupados con otras cosas, me he asegurado de que así fuera. No quiero tener que dar más explicaciones innecesarias. Janto y Balio aceleran el paso a medida que nos acercamos al borde del monte. Cuando el camino empieza su descenso los caballos siguen avanzando como si el cielo fuera suelo.

—Cabalgad hasta lo más alto, ascended todo lo que os permita el firmamento. Y entonces, deteneos.

Asienten con obediencia y se inclinan con una coordinación que parece que sean uno. Ya podían haberme salido así los humanos. Tendría que haberlos creado yo y no dejar que lo hiciera al que consideraba mi mejor amigo. Maldito síndrome del impostor.

—¡Más rápido!

Ya casi veo el final del oscuro cielo. O el comienzo, depende de cómo lo mires. Dicen que más allá hay un vacío o un espacio o algo a lo que los primordiales no nos permiten acceder. Hasta yo, que poseo el dominio del mundo, tengo incógnitas sin resolver que amenizan mi inmortalidad. Y sueños. Yo creo que más allá está Caos, el padre de estos seres y, por lo tanto, de todo lo demás. Fantaseo con lograr llegar hasta él y quién sabe... Si pude vencer a mi padre...

—¿Cómo te atreves a subir hasta aquí?

Janto y Balio se detienen en seco y salgo despedido del carro, pero del mismo cielo emerge una mano oscura que interrumpe mi caída y me devuelve a mi vehículo como si fuera una simple hoja de un árbol. Es ella. Su voz retumba por todo el firmamento. Es imposible saber de dónde procede. No veo rostro alguno, así que agacho la cabeza en señal de respeto, tal y como me gustaría que se dirigieran a mí. Puedo hacerlo.

—Permitidme, primero, pediros disculpas por este acercamiento. He venido sin soberbia alguna. Con toda la sumisión y servidumbre que merece un primordial.

—Pues ya puedes volver a tu montaña, dios. No eres bienvenido.

Me está despachando rápido. Es exactamente lo que haría yo. No es más que una versión más poderosa de mí.

—Antes debo hablaros de algo que quizá os interese.

—¿Tan insensato eres? No hay absolutamente nada que pueda interesarme de un ser tan insignificante como tú.

—Tenéis razón. A vos no. Pero quizá a vuestras hijas sí.

El ritmo de la conversación se ha interrumpido. Ahora solo hay silencio. Nada más. Ni el aire acaricia mis mejillas. Lo cual es extraño porque la crin de Janto y Balio sigue sacudiéndose. ¿Los dioses del viento han dejado de soplar para mí? ¿Qué está sucediendo?

—A...

¿No puedo hablar?

—A...

No puedo emitir ningún sonido. No soy capaz. Cuanto más me esfuerzo más me cuesta. No lo entiendo. Siento dolor en el cuello y en la cabeza. Levanto las manos para tocarme las zonas doloridas, pero no logro alcanzarlas, algo interrumpe su trayectoria. Intento agachar la cabeza, pero no lo consigo. Es como si alguien me estuviera agarrando del cuello. De pronto, palabras ajenas llegan a mis oídos como susurros.

—Sé cauto, dios, con lo que vayas a ofrecer para ellas, pues nunca podrás quitárselo. Si lo haces, esto que sientes será tu castigo durante el resto de la eternidad.

Al terminar su intervención, el dolor desaparece. Puedo volver a sentir el aire en el rostro y circulándome por el interior del cuerpo.

—S-í. —Carraspeo—. De... acuerdo.

De sufrir algo semejante por más tiempo envidiaría la mortalidad de los humanos. Me tomo unos segundos en los que disimulo lo mal que lo he pasado y procedo a explicarle mi propuesta.

—Quiero ofrecerles total libertad de movimiento por el reino de los humanos. Para siempre.

El silencio vuelve, pero, por suerte, el dolor no.

—¿A cambio de qué? —pregunta Nix.

—Deberán estar encerradas, seguramente en un sitio muy pequeño, aún no sé cuál y durante un periodo de tiempo corto, pero tampoco sé exactamente...

—¡Habla claro, Zeus!

Su voz rebota en mi carruaje y debo agarrarme a él para no caer.

—Se trata de una profecía.

Mierda.

—Dímela.

No debería haberle revelado eso.

—Creedme. No es necesario.

—Jamás creería ciegamente a un hijo de Cronos. Dímela. Entera. O no hay trato.

Puedo engañarla, intentarlo al menos. Pero es muy arriesgado. Se trata de Nix. Es capaz de obligar a las mismísimas Moiras a decírsela si le apetece. Supongo que este es el precio que tengo que pagar para recibir su ayuda. No tengo otra opción.

—«Forjarás a la primera mujer, humana, de belleza divina, portadora de todos los dones y de la ruina de su estirpe. Al titán que todo recuerda se la entregarás. Mantén distante al ladrón, mas no derrames su sangre aún y deja que la incertidumbre le reconcoma. Espera... Cuando los males se liberen, haz que caiga la peor de las aguas sobre los primeros. Pero cuida a los vástagos de los hermanos, pues de sus manos nacerán los nuevos de ambos sexos y el castigado observará el precio de su traición.» Los males son...

—Lo sé.

Trago saliva. Creo que la acabo de llamar tonta.

—La mujer está a punto...

—¿No ibas a decirme que los extinguirás? —me corta.

—Técnicamente no lo haré, porque nacerán otros nuevos.

—Por tu propio bien, que nazcan rápido.

Asiento convencido, pero no tengo ni idea.

—¿Cuándo serán liberadas?

—Mmm... no lo sé.

—¿No lo sabes? ¿Has venido aquí a pedirme un favor sin ni siquiera conocer las condiciones? ¿Y tú reinas sobre los demás?

Si respondo a esta falta de respeto..., el que no me ayude será el menor de mis problemas. Voy a respirar profundamente y a hacer como que no he oído nada.

—Si la mujer es la portadora de su ruina, deberá ser ella quien las libere.

—Entonces, ¿se lo contarás?

No respondo. No entiendo la pregunta.

—A la mujer. ¿Le contarás que debe liberar a mis hijas? —insiste Nix.

Tiene razón. He venido hasta aquí sin plan alguno. Me he precipitado. Pero solo intento adaptarme al ritmo de la desgracia. Estas cosas pasan. Pero debo decirle algo. A ver, la respuesta lógica puede ser que sí, pero la mujer no solo será la portadora de la ruina de los humanos, sino también «de todos los dones». Mierda. ¿No solo tendrá la belleza de las diosas? ¿También tendrá sus dones? ¿Estoy creando a la diosa más poderosa de todas? De ser así... ¿quiero que sea consciente de ello? ¿Quiero que conozca la profecía?

—¡No! —respondo alzando la voz.

—¿No? ¿Entonces? ¿Cómo pretendes que las libere?

—Lo dice la profecía.

Me parece escuchar una carcajada.

—Entiendo... ¿Y si no lo hace?

—Lo hará.

La oigo gruñir y me tiembla hasta la barba.

—Confío plenamente en que lo hará. Si las Moiras lo dicen...

—Que sea una jarra —me interrumpe.

—¿Cómo decís?

—El recipiente en el que encerraré a mis hijas será una jarra.

Tardo unos segundos en reaccionar por la concreción de su demanda.

—Bueno, yo había pensado que quizá un cofre sería mejor...

—No te estoy pidiendo opinión, nieto de Gea —me interrumpe—. Cuando la tengas, espera a que Helios desaparezca y déjala en el punto más alto de tu monte. Recógela cuando Eos anuncie el comienzo del nuevo día.

Honestamente, me da igual lo que sea, pero me fastidia que lo decida ella. No me queda otra que ceder. Otra vez.

—Como deseéis. Pero... ¿por qué una jarra?

—Encerré a mis hijas en el inframundo porque así lo acordamos cuando acabó la Titanomaquia. Queríais paz y yo os la di. Si ahora las saco para meterlas en un sitio aún más pequeño con la promesa de que serán liberadas y podrán hacer lo que quieran con los humanos, debe ser en un recipiente que les permita ser escuchadas. Por si la humana se lo piensa demasiado o por si ellas pierden la paciencia. Y no tengo que darte más explicaciones. Vete, haz lo que te he dicho y yo haré lo que me has pedido.

No me deja despedirme de ella. Janto y Balio descienden sin que ni siquiera se lo ordene. He conseguido lo que quería, pero he tenido que humillarme para ello. Me siento sucio. Confío en que llegará el día, o la noche, en la que lograré atravesar el cielo y también reinaré sobre los primordiales. No habrá ningún ser que esté por encima de mí y dominaré sobre todos y todo.

De momento, debo conformarme con mi desagradecida familia. Cualquiera diría que los liberé de la panza de padre. Deberían respetarme como yo respeto a Nix. Someterse en vez de quejarse todo el rato. ¡Para eso he creado a los humanos! ¡Porque merezco ser venerado! ¡Me deben la vida y se lo recordaré cada día de la suya! Bueno, a los nuevos, porque a estos ya no puedo, según las Moiras.

—¡Padre!

Por todos los dioses. Acabo de llegar y ya me reclaman. ¿Para qué inventé el tiempo? ¿Para ser consciente de que no me dejan tranquilo ni un segundo?

—Hefesto. ¿Qué haces aquí?

—Lamento la intromisión, solo quería avisar de que ya he terminado la creación.

21

Es tan bella que no me atrevo ni a follármela por si se estropea. La piel marrón que envuelve todo su cuerpo contrasta con el azul y verde que se mezclan en sus ojos. Su cabello es oscuro, parece negro, pero tiene tonos marinos que hacen que brille con la luz del carro del Sol que acaba de aparecer como si Helios también quisiera verla. Pero lo mejor está bajando la mirada...

—Agradecería una valoración o ver alguna emoción por tu parte, pues llevas horas observando y no sé si mi obra será un descarte y tendré que hacer otra, ya que de tu boca no ha salido ni una anotación.

—Pues igual sí que te pido que hagas otra, pero para mí. ¡Ha, ha, ha!

No se ríe. ¿Por qué ninguno de mis hijos ha salido con sentido del humor?

—Está bien. Buen trabajo, Hefesto.

Procedo a marcharme antes de que me entren ganas de empotrarla, pero entonces recuerdo que aún falta el recipiente en el que encerrar a las hijas de Nix. La jarra. Al darme la vuelta para decírselo me doy cuenta de que mi hijo está llorando.

—La felicidad... sale desbocada por mi-mis ojos... —Solloza—. Siempre me sentí... un despojo. Ahora, gracias a tus palabras... ese sentimiento se evapora.

—¿... qué?

Hefesto avanza con su aún más ridícula cojera. Lo observo con vergüenza ajena y un poco de pena. Cuando menos me lo espero lo tengo encima, abrazándome, ensuciando mi celestial túnica con sus lagrimones. Es repugnante. ¿A qué viene esto? Tengo el impulso de sacármelo de encima, pero lo retengo. Me da miedo que eso perjudique a su motivación para crear, ya que aún no ha terminado. Se me acaba de desbloquear un recuerdo. Parezco Prometeo, qué estúpido. Estoy ante uno de esos momentos emotivos de recibir validación paternal. Diké hizo lo mismo. ¿A quién pretendo engañar? Lo entiendo. Cuando acabó la Titanomaquia ansié que mi padre me felicitara por la victoria. Si me hubiera dicho «Bien luchado» o cualquier estupidez que me hiciera creer que estaba orgulloso de mí, me habría hecho sentir el hijo más feliz del mundo.

—Es precioso esto que está pasando, padre, tú también estás llorando.

Bajo los ojos, veo a Hefesto mirándome y me doy cuenta de que tengo las mejillas humedecidas. Lo aparto de un empujón y me vuelvo para secarme el rostro.

—¡No sé por qué cojones estás tan contento! ¡Aún no has terminado! ¡Tienes que hacer una jarra!

—Eso no me lo dijiste...

Me vuelvo hacia él de nuevo.

—¡Te lo digo ahora! ¡Y déjate de rimas y lloros! Una jarra. Hermosa como ella. ¡La puta mejor jarra que se haya hecho jamás! ¿Entendido? No hables. Asiente.

Lo hace.

—Bien. Cuando lo hagas, avísame. ¿Alguna pregunta?

Asiente de nuevo. Resoplo de manera exagerada para que mi visible frustración haga que se lo piense dos veces, pero parece que no surge efecto.

—Hasta ahora me he dedicado a cumplir órdenes, no he preguntado tus intenciones ni el porqué de estas creaciones. Pero creo que merezco saberlo para calmar la incertidumbre que padezco.

—Yo también merezco muchas cosas por todo lo que he hecho por los demás y me tengo que joder. La vida es dura, Hefesto. Cuando antes lo aprendas, mejor.

Ya no hay rastro de felicidad en su rostro. Ahora está mirando su pierna mala.

—Gracias por el consejo, padre. Obedeceré de todas formas, aunque me lo escondas.

—Buen chico.

Le doy una palmadita en el hombro. Y un último repaso visual a esta belleza tan perfecta y delicada. Poseedora de la ruina de su estirpe... Si fuera uno de ellos, estaría encantado de que esta preciosidad me arruinara la vida. No saben la suerte que tienen. Y todo gracias a mí. Como siempre. Yo, aquí, dándolo todo por estos ineptos y ellos evolucionando como si se lo merecieran. Ni una vez me han rezado desde que tienen el fuego. ¡Ni una! Panda de desagradecidos, inútiles, estúpidos... Uy, cuando les llegue el final. Lo que me voy a reír. ¡No lo sabe nadie! Aún tengo trabajo que hacer. Esta mujer se entregará a Epimeteo y como dice la profecía: «Mantén distante al ladrón, mas no derrames su sangre aún y deja que la incertidumbre le reconcoma». Debo centrarme en Prometeo. Puede joderlo todo si ve a su hermano con una mujer desconocida. Intentará disuadirlo, alejarlo de ella. Por eso tengo que mantenerlo distante, al menos hasta que se liberen los males, para que no boicotee el plan. Esta parte de la profecía es la más difícil porque lo más sencillo sería asesinarlo y no puedo. Tengo que encontrar la manera de evitar que entorpezca el presagio. La única manera de saber cómo es yendo a verlo. Espero poder contener las ganas que siento de arrancarle la cabeza. Concéntrate en el objetivo final, Zeus. La satisfacción de verlo sufrir será mucho mayor que la de matarlo.

22

Hay cierto placer en ser, simplemente, uno más. Descansar del poder que has ganado y ser una mera criatura con el único privilegio de sobrevolar los cielos con su propio cuerpo. Me encanta romantizar disfrazarme de pájaro y fingir ser débil por un rato. Tiene que ser apasionante vivir con el constante miedo a morir. ¿Cómo lo hacen? ¿Lo hacen acaso? ¿Las otras águilas piensan en esto? No. Viven al día, como los humanos antes de que el titán me apuñalara por la espalda. A los animales no humanos no les afecta el poder del fuego, así como tampoco les afectará la presencia de las hijas de Nix. A menudo no tengo claro si me producen pena o envidia. ¿La libertad es poder llegar lejos o no necesitarlo? Menudas estupideces pienso cuando me convierto en uno de ellos.

Acabo de alcanzar su posición. Quiero arrancarme los ojos. Han destrozado medio bosque para construir más casas. No lo entiendo. No son tantos. ¿Para qué quieren todo eso? ¿Qué pretenden? ¿A qué aspiran?

—¡Padre! Mire lo que he construido.

Me giro pensando que uno de mis hijos me ha seguido, pero esa voz viene de abajo, de uno de ellos. Antes no hablaban tan bien. Prometeo aparece de entre los pocos árboles que quedan y observa orgulloso un objeto que aguanta el humano. Lo ha llamado «padre». Prometeo le apoya la mano en el cuello.

—Muy bien, hijo. Explícame lo que es.

«Hijo», dice. Su voz es suave y tranquila. Me pregunto si también hablará así cuando lo torture.

—Una herramienta para poder cultivar mejor.

¿Cultivar? ¿Qué me he perdido?

—Qué gran invento. Estoy muy orgulloso de ti. ¡Todos lo estamos!

El titán comienza a aplaudir y el resto lo siguen entusiasmados. No sé qué están haciendo, pero mis ganas de exterminarlos aumentan con cada aplauso. Parece que sepan que estoy aquí y se hayan puesto de acuerdo en ser su versión más insoportable para ponérmelo difícil. Pero no es culpa suya. Prometeo es el único responsable de que sean unos malcriados. Consintiéndoles todo, celebrando cualquier estupidez que hacen... Qué vergüenza ajena. No veo a Diké por ningún lado. Me pregunto dónde narices está y por qué no se encuentra aquí intentando boicotear al traidor.

—Debo irme, hijos míos. Seguid con lo vuestro y veréis cómo el aprendizaje os llevará a cumplir objetivos y eso derivará en felicidad.

«Gracias, padre», responden al unísono provocando que un escalofrío me erice las plumas. Me sacudo rabioso por esta incomprensible sensación de miedo. Parecen un ejército, pero en una guerra son el equivalente a tener un batallón de frutas.

El titán se separa de los humanos. Lo sigo. Avanza hasta salir del bosque y se detiene en la playa donde les dio forma. Me quedo atrás, entre las hojas de uno de los pocos árboles que siguen en pie. Está en la orilla. Hablando con alguien. Lo oigo.

—¿Cómo te encuentras?

¿Con quién hablas, desgraciado? No logro verlo, está de espaldas. Tengo que moverme. Vuelo hasta otro árbol, más lejano, pero desde el que tengo un mejor campo de visión. Una voz femenina le contesta:

—Si alguien se entera de lo que estamos haciendo...

¿Quién eres? ¿Qué es lo que estáis haciendo? Me engancho en la primera rama que se interpone en mi aterrizaje y enfoco mis ojos en ellos. Solo lo veo a él. Está mirando abajo, ¿al suelo? ¿Habla con la arena? El agua burbujea y entonces la veo. Sobresaliendo lo justo del mar. Solo deja ver medio rostro, pero para mí es más que suficiente. Conozco muy pero que muy bien a esta oceánide.

—Nadie lo sabrá, madre.

¿De qué tienes miedo, Clímene? Dilo en voz alta para aterrorizarnos todos juntos.

—Odio haber tenido que recurrir a esto. No es digno de nuestra estirpe.

—Tampoco ha sido agradable para mí, pero era necesario.

Clímene hunde su cabeza. Parece que vaya a irse y, como lo haga, no habrá profecía que valga. Voy a torturar a Prometeo hasta que me diga qué están tramando. El titán se zambulle con ella. Lo que me faltaba. ¿Tengo que transformarme en pez ahora?

—Suéltame.

Clímene sale del agua con Prometeo abrazado a su barriga.

—Solo quiero notarlo.

La oceánide camina hasta la arena y deja ver la totalidad de su cuerpo. No la recordaba así. Hay algo diferente en ella. Sus pechos no eran tan grandes y su panza tamp... No es posible. Por todos los dioses. ¿Qué han hecho?

—Embarazada de mi propio hijo...

—Deja de lamentarte. Sabes que es la única forma de que los humanos se reproduzcan.

—Zeus no lo hará.

—Muy seguro estás tú de que será niña.

—Me inspiré en ti para crear a todas las mujeres humanas sin ni siquiera ser consciente de ello. Eso tenía que significar algo. La única manera que tengo de poder crear una mujer que se parezca a ellas es a través de ti. Confía en mí. Siento que estamos haciendo lo correcto.

—Pues yo solo siento arrepentimiento. Esto no es digno de nosotros. No somos como los dioses.

¿Se supone que debería ofenderme?

—Confía en mí, madre. Esto los salvará.

«... cuida a los vástagos de los hermanos, pues de sus manos nacerán los nuevos de ambos sexos...» No va mal encaminado y no sé si será macho o hembra, pero ni de lejos permitirá a esos humanos, que se aplauden por cualquier mierda, reproducirse. Ya nada me sorprende de este desgraciado, pero querer tener una hija con tu propia madre para que otros hombres se acuesten con ella es de haber perdido la cabeza por completo. Incluso yo sé que eso es horrible. La única duda que tengo es si ya era así de antes y yo no lo sabía, o el fuego lo ha enloquecido del todo.

—Parece que solo te importan ellos.

—Soy su padre.

—Eso no justifica que me uses de esta forma.

—Aceptaste. No eres mi víctima. Lo eres de tus propias decisiones.

—No me hables así, Prometeo, te lo advierto.

—¿O qué? ¿Abandonarás a tus nietos como hiciste con tus hijos?

Lo llego a saber y me bajo algo para comer. Clímene está a punto de soltarle un guantazo, conozco esa mirada. Lo va a hacer. ¡Pam! Lo ha hecho. ¡¿Qué?! ¡Se la ha devuelto! ¡Ha pegado a su madre embarazada! ¿De dónde ha sacado esa fuerza? La ha tirado al suelo. Ahora la acaba de agarrar de su cabellera y la está arrastrando hasta el interior del bosque. Yo esto se lo cuento a los demás y no me creen. Clímene está aterrorizada. No se atreve ni a zafarse.

—¡Prometeo! ¡Por favor! ¡Para!

La suelta violentamente en la arena.

—Te lo voy a preguntar una última vez, madre. ¿Vas a tener a mi hija? ¿O debo encadenarte y sacártela yo mismo cuando sea el momento?

—Vo-vo-voy a... te-tener-la... s-sí...

Se agacha y le acaricia el cuello.

—Muy bien, madre. —Suelta un silbido y en cuestión de segundos aparecen todos los humanos—. Has tomado una buena decisión y eso merece un aplauso. ¡Aplaudid conmigo, hijos! ¡Felicitad a la abuela!

Obedecen. Están perfectamente adiestrados. La escena es tan terrorífica que incluso me hace empatizar con la pobre oceánide. Clímene retrocede de espaldas, arrastrándose por la arena con la mirada desencajada hasta que se mete en el agua y desaparece. He visto pocas interacciones entre ella y su hijo, pero Prometeo nunca ha tratado así a nadie, y menos aún a su madre. Fascinante. ¿Es esto un pequeño adelanto de cómo serán los nuevos humanos cuando los males se liberen? No puedo esperar. Por el momento, todo avanza según la profecía, aunque sigo teniendo el mismo problema con el titán. Nada me garantiza que no irá a visitar a su hermano cuando le entregue la mujer creada por Hefesto. «Mantén distante al ladrón, mas no derrames su sangre aún...» Debo hacer algo para evitar que quiera salir de aquí. Tiene que haber alguna cosa que lo retenga sin que sea consciente de ello. Ya sé. Solo hay un sentimiento capaz de secuestrarte mientras te hace sentir la persona más feliz del mundo.

23

Me dirijo en plena noche hacia los aposentos de Afrodita. Evito mirar al cielo. Hefesto aún no me ha dicho nada de la jarra y ya siento en el cogote la impaciencia de Nix por meter a sus hijas allí dentro. Cruzo todo el Olimpo a pie, tranquilo. No quiero levantar sospechas de los demás dioses. Por suerte, las diosas viven en la misma ala del monte y no me preocupan tanto. Hestia siempre mira hacia otro lado, Deméter no está, lleva un tiempo desaparecida por los bosques, y Atenea se va a acabar enterando, pero no me preocupa. Lo importante es que ni Ares ni Poseidón conozcan mis movimientos. Lo último que sé es que mi hijo está durmiendo, lo he visto, y que mi hermano está persiguiendo a unas nereidas.

Hay luz en el interior. Bien. Está despierta. Así no se enfadará por molestarla. Todo va como tiene que ir. Por si acaso, me detengo tras la gruesa cortina que separa su morada del exterior.

—¿Se puede? Soy Zeus —pregunto.

Un fuerte ruido suena en el interior.

—¡Un momento! ¡Estoy desnuda! —grita ella.

En otro contexto habría entrado de cabeza, por curiosidad, más que nada. Pero el favor que voy a pedirle requiere que la respete.

—¿Qué quieres? —pregunta sacando la cabeza entre la cortina.

Parece muy agobiada.

—Tengo que hablar contigo.

—No es buen momento.

—Seré breve.

—No estoy presentable, Zeus.

Antes de que acabe de pronunciar mi nombre ya me he dado la vuelta.

—Te lo puedo decir de espaldas. Pero tiene que ser ahora.

De pronto, un proyectil pasa muy cerca de mi oreja derecha, a gran velocidad. Extiendo la mano para cogerlo. No llego a tiempo. Ha desaparecido. Me vuelvo hacia ella y mi furia se ve interrumpida por un agujero en la cortina que antes no estaba. A través de él veo lo que parece ser un niño pequeño riéndose. ¿Me engañan mis sentidos?

—¿Qué cojones pasa ahí dentro?

Afrodita no responde. Abro la cortina de par en par y veo a un bebé semidesnudo correteando por la habitación con lo que parece un arco cruzado en su espalda. Al verme deja de reír y se detiene.

—Papá, no —dice.

—No... no soy tu papá. En todo caso soy tu abuelo. Aunque no entiendo por qué Hefesto no me ha hablado de ti...

Con un movimiento ágil se saca el arco y de su propia mano aparece una flecha dorada. La coloca y dispara. Logro esquivarla por los pelos.

—¿¡Quién te ha dado eso!?

Afrodita lo levanta del suelo y se lo acerca al pecho. El bebé se amarra a la teta con un ansia que da la impresión que del pezón de la diosa brote néctar. No siento la más mínima envidia. Su teta me da exactamente igual. Nunca entenderé por qué la diosa de la belleza no me atrae lo más mínimo.

—No sé ni por dónde empezar —dice ella sentándose en la cama.

—Yo te ayudo. ¿Por qué lo escondéis? ¿Cómo has podido permitir que mi hijo le fabricara un arco? ¿Y de dónde saca las flechas?

—Se llama Eros.

—Esa pregunta iba después.

—Me parece un poco hipócrita que te escandalices porque mi hijo tenga un arco cuando tu hija Atenea nació con una lanza en la mano. Entonces no dijiste nada.

—Me estaba recuperando. Te recuerdo que salió de mi cabeza.

—¿A qué has venido?

—Tienes que encargarte de Prometeo.

Suelta una carcajada.

—¿Me estás pidiendo ayuda?

Esta lo que quiere es que me arrastre.

—Te estoy dando una orden, Afrodita.

—Hablando en esos términos no vas a conseguir nada.

—No te conviene ponerte exquisita teniendo a un bebé que dispara flechas que no sabemos de dónde salen. Quizá los demás tengan algo que decir al respecto, querida.

—Llámame «querida» otra vez y haré que te enamores de un árbol.

Hay una excesiva seguridad en sus palabras para haber soltado una amenaza, aparentemente, estúpida.

—¿Puedes hacer eso?

Afrodita guarda un largo silencio. Solo se oye al bebé succionando. ¿Ha sido un vacile o se acaba de delatar? Ella siempre ha tenido el poder de inducir y extraer la belleza de otros para alterar cómo los ven los demás. Y había pensado en que podría hacer eso con los humanos para disminuir las posibilidades de que Prometeo quisiera dejarlos, pero claramente mi plan hace aguas por todas partes y quería preguntarle a ella si se le ocurría algo mejor. Pero si es capaz de hacer eso que dice...

—Quiero algo a cambio —responde finalmente.

—No me has contestado.

—Ni lo haré hasta que confirmes que podrás cumplir lo que exijo.

No tengo otra opción.

—Habla.

—La profecía que mencionaste a Hera dice que nacerán nuevos humanos. —Hace una breve pausa esperando mi confirmación y le dedico un leve cabeceo afirmativo—. Quiero que me adoren.

—Y una mierda.

—Piénsalo bien, Zeus. No sabes lo que puedo ofrecerte.

—Ni me importa.

Está loca si piensa que voy a aceptar eso. Los humanos solo deben adorarme a mí. ¡Ese es el maldito objetivo de su existencia! ¡El motivo por el que los creé! No pienso escuchar ni una palabra más.

—Como dirías tú: «Te conviene escucharme».

Quiero irme, pero la intriga por saber me retiene. No hay nada malo en simplemente escucharla, ¿verdad?

—No tengo toda la noche.

—Créeme: después de oír esto, la tendrás. —Me río. Menuda flipada—. Esta es su primera noche aquí, en el Olimpo. Hasta hace un rato estaba a cargo de unas ninfas.

—¿Qué ninfas?

—No te voy a dar más detalles. —Casi. Hace tiempo que se alejaron del Olimpo y hay noches que las extraño. También días—. Lo visitaba de vez en cuando, para asegurarme de que estaba bien, pero esta mañana, cuando he llegado, una de las ninfas estaba persiguiendo a mi hijo. Al verme, se ha escondido tras de mí, esperando que lo dejara en paz. Pero no. Ha intentado apartarme.

—¿Apartarte? ¿Una ninfa? ¿A ti?

—Estaba enloquecida. Su mirada desprendía un deseo irrefrenable y no precisamente hacia mí.

—Esto no tiene sentido alguno. Es una ninfa, tú una diosa y él... es un bebé.

—No te atrevas a poner en duda lo que he visto con mis propios ojos.

Se le ha ido la cabeza a ella también. ¿Acaso soy el único cuerdo?

—Pero ¿qué estás diciendo, Afrodita? ¿Que una ninfa te agredió a ti, una diosa olímpica, para acostarse con...?

—¡Sí! —me interrumpe rabiosa—. Pero no porque fuera una degenerada. Sino porque había sido hechizada... por él.

Señala a su hijo con la mirada. Definitivamente está loca. Por alguna razón que desconozco, el descenso del fuego a la altura de los humanos también la ha afectado. Voy a tener que prescindir de su ayuda. No va a traer más que problemas y eso es lo último que necesito ahora.

—Bueno. Vamos a dejarlo aquí. Olvida que he venido. Y ya hablaré con Hefesto de...

—Eros.

—Eso.

—No me crees, ¿verdad?

Uau. ¿Diosa de la belleza o de la inteligencia? Ni una ni otra. La ignoro y me doy la vuelta para irme.

—Papá, no —farfulla el niño.

Lo miro de reojo. Está apuntándome de nuevo con una de sus flechas.

—Baja eso —le ordeno.
No me hace caso.
—Afrodita... dile algo a tu hijo.
—Dispara al abuelo.

24

La flecha me ha tocado. La he visto, pero ya no está. No ha salido por el otro lado, no la siento en mi interior, no sobresale por la parte trasera de mi pecho. Ha desaparecido. Recorro todo mi cuerpo con las manos, no dejo ni un trozo sin palpar. Nada. Ni rastro. Alzo la vista hacia mi nieto, pero su madre se pone delante antes de que lo vea.

—Mírame a mí —me dice.

Le hago caso y recorro toda su figura hasta llegar a su rostro. En cuanto mis ojos se encuentran con los suyos, siento un deseo incontenible. Un terremoto emocional que me sacude todo el cuerpo y me impulsa a moverme hacia ella. Como si ya no fuera dueño de mis movimientos ni de mis sentimientos. Una posesión en toda regla con la que intento luchar, pero cada vez que la miro pierdo consciencia de ello y solo tengo ganas de follármela en cada rincón de cada reino durante el resto de la eternidad.

—Dispara la otra, hijo —dice ella.

Las manitas de Eros asoman por detrás de las piernas de su madre y otra flecha sale proyectada hacia mí. Esta vez no es dorada. El enajenamiento que llevo encima no me permite tan siquiera hacer el intento de esquivarla. Impacta de nuevo en mi pecho esfumándose en el aire y con ella el anhelo de querer penetrarla hasta fusionarnos.

Estoy agotado y confuso. Siento como si hubiera hecho un viaje largo y tortuoso, pero apenas me he movido del sitio. Tengo que sentarme en el suelo.

—¿Qué... ha pasado?

La diosa observa satisfecha cómo jadeo cual animal sediento.

—Esto fue lo que le sucedió a la ninfa.

—Las flechas... ¿qué...?

—Si una de sus flechas doradas impacta en tu cuerpo te enamoras perdidamente del primer ser al que veas. Si es una de las de plomo, lo que sientes es odio. Si son las dos...

—Se anula la primera.

—Exacto.

Por todos los dioses. Esto es infinitamente mejor de lo que jamás me habría imaginado. Aprovecho que estoy a su misma altura para dirigirme a él.

—Eros... mi nieto favorito... ¿quieres ayudar al abuelo con una cosita? —le pregunto melodiosamente.

—A mi hijo y a mí no solo nos une la sangre, Zeus. Él percibe lo que yo siento. Si no te respeta es porque tú no me respetas. Y si quieres contar con el poder de mi hijo no tendrás más remedio que hacerlo porque solo me obedece a mí.

—Pues eso tendrá que cambiar si quiere vivir aquí.

—Y cambiará. Pero para ello debes darme lo que pido. Quiero que los nuevos humanos me recen, me adoren... y si no lo hacen, Eros deberá poder usar sus flechas para castigarlos. Concédenos eso y mi hijo podrá ayudarte siempre que lo necesites.

El poder que tiene este niño es exagerado. Si le diera la gana podría rebelarse y dominarnos a todos a flechazos. Cuando tengo un dilema de estas dimensiones me pregunto qué haría mi padre y entonces hago lo contrario. Él intentaría aniquilarlo o robarle las flechas para suprimir toda posibilidad de sublevación, pero podría fracasar en el intento y eso provocaría lo que quiere evitar. En cambio, aceptar el trato, aunque sea darles vía libre para usar a los humanos, también es ganarse su confianza. Teniendo en cuenta su inmenso poder y su equivalente ignorancia de ello, si lo mantengo cerca de mí desde tan pequeño lo tendré más fácil para dominarlo y acabar usando sus flechas como si fueran mías.

—Está bien.

Extiendo la mano para cerrar el trato con Afrodita.

—¡UN MOMENTO!

Mi hijo Ares acaba de salir de detrás de una columna.

—¿Qué hace este aquí?

Eros se desengancha de la teta de su madre y corre hacia él a abrazarlo.

—¡Papá, sí!

Miro a Afrodita en busca de una respuesta a la más que evidente pregunta, pero no dice nada. Se está mordiendo el labio con una rabia tal que parece que se vaya a comer a sí misma.

—No me mires así, tía. Yo también quiero algo a cambio —dice mi hijo mientras se saca a Eros de encima.

—¿Y se puede saber por qué debería darte algo a cambio?

—¡Por nada! —grita la diosa.

—¿Cómo que nada? ¡También es mi hijo!

Por todos los dioses. ¿Debería sorprenderme? Soy plenamente consciente de que por mucho que obligara a Afrodita a casarse con Hefesto no iba a olvidar a Ares, pero ¿de eso a tener un hijo con él? ¿En qué estaban pensando?

—¡SE SUPONE QUE NADIE DEBE SABERLO! ¡IMBÉCIL!

—¿Y quedarme sin regalo? No, gracias. Padre, yo también quiero que los humanos me adoren.

Afrodita resopla mientras agarra al pequeño dios, que llora con ganas.

—Tu hijo sí que te adora y no le haces ni puñetero caso.

—Qué mentirosa eres. Hace tres días le di un abrazo.

No sé si reír o unirme al llanto con mi nieto. No quiero dar poder a Ares también. A este paso los humanos tendrán que rezar a todos los dioses y eso está muy lejos de mi plan original.

—Ese no era el trato.

—Pues te quedas sin flechas del amor —sentencia mi hijo en un tono repelente.

Ahora sí que me río.

—Afrodita ha dicho que solo la obedece a ella.

—Eros, ven —dice Ares.

El niño se desprende del abrazo de su madre a toda prisa y se abalanza ansioso encima de él. Joder. Y parecía tonto. Miro a Afrodita en busca de explicaciones, pero la diosa evita el contacto visual.

—Si los hombres amarán, también odiarán y, por lo tanto, se pelearán. Quiero que me recen cuando lo hagan. Quiero estar presente en sus guerras.

Ha dicho «hombres». Solo «hombres».

—¿Quieres ser el dios de la guerra de los hombres?

—Sí. Dame eso y Eros es tuyo.

—Bueno, tuyo no —corrige Afrodita—. Puede ayudarte, pero no es de tu propiedad.

Le extiendo la mano a mi hijo con rapidez y cerramos el trato.

—Gracias, padre.

Con Afrodita hago lo mismo, pero ella se toma unos segundos antes de encajar su mano.

—Seré la diosa del amor de TODOS los humanos. ¿Verdad?

—De todos. Sí.

A ella no la puedo manipular, pero eso ya lo sabía. Lo cerramos.

—¿Por qué has dicho «todos» así? —pregunta Ares.

—Por nada —responde Afrodita.

—¿Debería haberlo dicho yo también así?

—Cada uno lo dice como quiere.

—Yo también he dicho «de todos los humanos». ¿No? ¿Lo he dicho?

—«Hombres» —le corrijo—. Has dicho «hombres».

—Claro, porque no hay mujeres.

—De momento.

—¿Qué quieres decir con eso?

Respiro aliviado. Sigue siendo tonto.

25

Hefesto ha subido al Olimpo poco después de salir yo de los aposentos de su esposa. Ha ido de muy poco que no se cruzara con el pequeño Eros, a quien su madre ya ha enviado a hacer su trabajo con Prometeo. En ningún momento he contemplado la posibilidad de chantajear a Afrodita con chivarme. Lo último que necesito es una pelea entre dioses. Pero me da pena. La jarra es de cerámica, marrón, perfectamente simétrica y una cenefa de oro la envuelve creando un contraste leve pero magnífico. Aunque no tanto como la rabia que me produce que su esposa juegue con sus sentimientos de esa forma. Si no quieres estar con alguien, no lo estés, pero no hagas daño gratuitamente. Bueno, en este caso tienen que estar juntos porque se lo prometí a Hefesto. Así que, ¿no te gusta tu marido, pero estás obligada a estar con él? Te jodes. A mí tampoco me gusta no ser más poderoso que Nix y el resto de los primordiales. Pero me aguanto. A llorar a la llorería.

—Estás volviendo a hacer lo mismo. Te enseño mis obras y tú las observas como si fueran un cataclismo.

—Perdona, hijo, estaba pensando en otra cosa.

—¿Tan horrenda es mi creación que tu mente huye del presente y se embarca en un viaje de desconexión?

—Tampoco te pongas dramático, Hefesto. Que no estoy para tonterías.

—Disculpa, padre, por tener sentimientos. La próxima vez, en lugar de compartirlos, mejor miento.

Por todos los dioses, ¿no puedo tener un hijo normal? Solo uno. Que no dé problemas. Que sea como yo... bueno, como yo, pero menos poderoso.

—La jarra es preciosa, hijo. Su belleza encaja a la perfección con la de la mujer. Has hecho un muy buen trabajo.

Me mira suspicaz, pero parece que compra el cumplido. Levanto la jarra y la llevo hasta el borde del monte desde el que suelo observar lo que sucede entre los mortales. Hefesto me sigue. Siento la mirada de la noche. Está preparada. Deposito la bella jarra en la roca que uso para aguantar mi copa de néctar. La abro y retrocedo varios metros. Mi hijo hace lo mismo.

—¿Qué hacéis los dos aquí?

Tiene que ser una broma. Mi esposa acaba de aparecer. Le hago un gesto para que se calle y enseguida me doy cuenta de que no ha sido buena idea.

—¡Tú a mí no me mandas callar! Pero ¡¿qué te has creído?!

—Hera, por favor te lo pido, para —le respondo forzando el susurro—. Estamos haciendo algo muy importante.

Le señalo la jarra y, por cómo evoluciona la expresión de su cara, veo que lo acabo de empeorar.

—¡¿EN SERIO, ZEUS?! ¡¿UNA JARRA ES MÁS IMPORTANTE QUE YO?!

Los demás olímpicos se despiertan con sus berridos y en poco más de lo que tarda Hera en soltar otra retahíla de faltadas ya están todos de espectadores. Poseidón, Atenea y Ares, Afrodita... Deméter, para variar, no está, y Hestia... lo raro sería que viniera cuando hay conflictos. Está obsesionada con que nos queramos todos mucho todo el rato y seamos una preciosa y gran familia, que es lo que seríamos de no ser porque son todos unos desagradecidos.

Los insultos de mi esposa quedan silenciados por un ruido estrepitoso procedente de la oscuridad del cielo. Una columna de humo camuflada con la noche desciende de las alturas a una velocidad imposible y se introduce en el interior de la jarra bajo la confusa y atenta mirada de los olímpicos.

—Ciérrala, hijo del tiempo.

El resto alza la mirada en busca de esa voz que viene de todos los rincones de la noche. Yo, obedezco.

—No os defraudaré, todopoderosa Nix.

—Eso, dios, no depende de ti tanto como tú crees.

Agacho la cabeza como señal de respeto, aunque no esté de acuerdo con esa afirmación. Pero tampoco voy a contradecirla. Me vuelvo hacia mi familia, que me observa sorprendida.

—Creo que es la primera vez que te vemos tan... —dice Poseidón.

—¿Tan qué? —pregunto.

—Flojo —responde Ares.

—Sumiso, diría yo —le corrige mi hermano.

—«Bobo» es más adecuado —añade mi «queridísima» esposa.

Tienen suerte de que las ganas de comenzar mi plan para vengarme de Prometeo sean superiores a las de encerrarlos en el Tártaro.

—Como algunos sabréis, Hefesto ha creado a una mujer...

—¡Me la pido! —me interrumpe Poseidón.

—No te confundas, hermano. No está disponible.

—Uau... Ya ni te cortas delante de tu esposa —añade mirando de reojo a Hera.

—¡Cállate! —exclama ella.

—Tú a mí no me dices lo que tengo que hacer.

—Ignórala —dice Afrodita—. Está enfadada porque Hefesto se ha inspirado en mí para crearla. ¿Verdad, querido?

Hefesto me mira de reojo y le hago un sutil gesto para que no hable.

—Ya te gustaría —dice Hera.

—¿De verdad crees que mi marido ha tenido en cuenta tu aspecto?

—Ay, querida..., siento ser yo la que te dé la noticia, pero tu esposo es un mero siervo del mío y no hace más que cumplir sus órdenes. Así que dudo que se atreva a sublevarse.

—Ambas tenéis razón, tías —interviene Atenea—. Ni Hefesto se ha rebelado contra mi padre ni mucho menos se ha inspirado en la mujer que lo tiró del monte Olimpo poco después de nacer. Ya os lo dije. Solo había una decisión correcta y estoy seguro de que padre, como dios sensato que es, la tomó y el aspecto de la primera humana está basado en mí.

—¡¿Primera humana!? —exclama Poseidón impidiendo que las otras dos repliquen.

—Cálmate —le exijo.

—¡Prometeo les da el fuego y tu respuesta es entregarles a una mujer humana! ¡¿Para qué?! ¡¿Para que se reproduzcan?! ¡¿Pero tú de qué lado estás?! —insiste.

Respiro hondo para contener mis ganas de asesinarlo por intentar desacreditarme delante de los demás. Pero parece que tiene algo más que decir.

—Maldigo el día en el que madre decidió salvarte a ti y no a mí de ser engullidos por padre. —Levanta el dedo y me toca el pecho—. Pero estoy seguro de que él te observa feliz entre número y número viendo como sigues sus pasos. Nuestro final será el mismo. Los humanos son los nuevos dioses.

Me da otro toque con su valiente dedo y retrocede junto a los demás, mientras los mira orgulloso de su discursito.

—¿Eso es todo, hermano? —le pregunto—. ¿Necesitas decirme algo más o puedo seguir con el plan?

—¿«El plan»? —ríe incrédulo—. ¿Acaso no me has escu...?

—Te he escuchado perfectamente, sí. Los humanos,

que son tan mortales que pueden morir hasta de un resbalón, nos van a encerrar en el Tártaro. —Me acerco a él y le doy un par de golpecitos en el hombro—. Claro que sí, Poseidón. ¿Algún otro miedo que compartir? ¿Vacas asediando el Olimpo? ¿La rebelión del mármol? Ya sabes, hay un montón aquí arriba. Quizá tengamos al enemigo en casa.

Los demás ríen disimuladamente. Mi hermano se muerde el labio y aguanta la humillación como un campeón. Sin embargo, su miedo es el mismo que el mío. Por eso escondí el fuego a los humanos. Pero ahora, con la adquisición de ese elemento, no solo se han convertido en una molestia sino también en una amenaza. El fuego que les había dado Prometeo y que ya nadie podría arrebatarles era mejor que el que les había escondido, porque era el nuestro, el divino. El que no solo tiene las cualidades básicas del elemento, sino también las de los dioses. Por eso tengo que llevar a cabo este plan para evitar que el miedo que comparto con mi hermano se haga realidad. Pero esto los demás no pueden saberlo. No están preparados.

—En mi isla os aguarda la primera mujer, esperando a nacer. No puede ser que una familia rota sea lo primero que vaya a ver.

—Aquí lo único que está roto es tu pierna. ¡Ha, ha, ha! —suelta Ares.

—Muy ocurrente, hermano. Yo con un bastón tengo suficiente. ¿Qué hay de tu corazón? Exterminado por la ruptura de tu relación con mi esposa, el mejor ejemplo de hermosura.

—Tienes suerte de que no haya entendido nada de lo que has dicho. Si no, te rompía la otra pierna.

Me pongo entre los dos.

—Aquí nadie va a romper nada. Escuchadme bien. Vamos a ir a Lemnos, enfadados o felices, da igual. Y todos y cada uno de vosotros compartiréis uno de vuestros poderes con esa mujer, yo incluido. —Hablan a la vez—. ¡Silencio! Esto no es decisión mía. Pertenece a una profecía de las Moiras. Si alguno de vosotros decide incumplirla se las tendrá que ver con ellas.

Ahora ya no dicen nada.

—Bien. Encontrad a Hestia y Deméter antes de que Helios inicie el día. Con los primeros rayos de su carruaje nos encontraremos en la isla de Hefesto. Todos.

—¿Todos? —pregunta Afrodita.

Mierda. No había pensado en Eros. La profecía es clara: «Portadora de todos los dones».

—Sí. Todos. Los conflictos que eso pueda provocar ya los solucionaré yo luego.

Me quedo solo en el Olimpo mientras los demás van en busca de las diosas que faltan. Bueno, me acompañan las hijas de la noche, que aguardan silenciosamente en el interior de la jarra a la espera de ser liberadas. ¿Deberé hacer algo para que suceda? La hilandera advirtió que esperara a que fueran liberadas, pero no dijo nada más. ¿Debo confiar en que la mujer lo hará? Algo tendré que decirle cuando le entregue la jarra, ¿no? «Toma, una jarra, ábrela.» No puedo hacerlo así. Los males saldrán antes de que se case con Epimeteo. Puedo dárselo como regalo de bodas. «Feliz enlace, ábrela.» Tampoco. La abriría antes de tener a su vástago. Aunque también puede suceder lo contrario. Estamos a punto de dotarla con nuestras mejores habilidades. ¿Qué me asegura que los conocimientos con los que nazca no la harán dudar de mí? En el caso de que espere a que se case y tenga un hijo, cuando le entregue la jarra y le diga «Ábrela», ¿lo hará? Quizá pregunte por qué. O por qué no la he abierto yo. O qué hay dentro. No sé hasta qué punto mis dudas forman parte del agobio que llevo acarreando todo este tiempo. Esto me pasa por hacerlo todo en el último momento.

—Papá, no.

—¿Eros? ¿Qué haces aquí? Tu madre ha ido a buscarte.

Pega un brinco y revolotea alrededor de la jarra. La señala y me mira.

—Bonita.

—Muy bonita, sí. Pero no te acerques mucho porque como le des un golpe y se abra tendremos un problema.

Se detiene en el aire y vuelve la mirada hacia la jarra con una necesidad que antes no tenía.

—¿Abrir?

—No. No la puedes abrir.

—Yo abrir.

—No, tú no abrir.

—¡Yo abrir! —grita.

Por todos los dioses. Ya lo tengo.

PANDORA

26

Siento aire en mi interior. Lo primero que veo es a una mujer que está muy cerca de mí. Retrocedemos a la vez. Tiene los ojos azules, muy claros. Una gran cabellera rubia. Viste una larga túnica blanca, aparentemente inmune a cualquier suciedad.

—Ven aquí, Atenea —dice un hombre con una espesa barba blanca a juego con su pelo.

Hay mucha gente. Hombres y mujeres. Y un niño pequeño con... ¿alas? Tienen la piel grisácea. Yo, en cambio, no. Mis manos son de color marrón. No entiendo muchas cosas hasta que las veo, pero no tengo ningún recuerdo previo que me haga entender lo que percibo. Estoy muy confusa.

—¿Qué le pasa? —pregunta el de los ojos rojos y pelo muy corto.

—Cállate, Ares —interviene Atenea.

—Yo aún tengo dificultades para comprender la existencia del pequeño alado, la explicación que me habéis dado no es de mi agrado.

—Ahora no es buen momento, querido.

El del rostro desfigurado parece estar insatisfecho con su respuesta. Me produce cierta ternura. Y pena. Los demás intercambian miradas de incomodidad, excepto el de los ojos rojos, Ares, que mira al suelo muy contenido e intenta ignorar al chiquillo que no se despega de él. Y otra, de cabellera castaña con destellos anaranjados, no ha dejado de sonreírme desde que he... no sé cómo decirlo.

—Bienvenida a la familia, Pandora.

—¿Cómo la has llamado?

—¿Te gusta, Zeus? Significa «portadora de todos los...».

—Claro, claro que sí —la interrumpe Zeus—. No hace falta que digas nada más, hermanita.

Ella sonríe escondiendo cierto malestar y me mira de nuevo.

—Me llama «hermanita», pero soy la mayor de la familia. Mi nombre es Hestia, pero puedes llamarme «mamá».

—No la llames así.

—¿Me puedo ir ya? —pregunta la de pelo verde.

Parece que es la única que no quiere estar aquí. Yo tampoco estoy muy a gusto, que digamos.

—Deméter, querida hermana, no estaría de más que dedicaras unas palabras amables a Pandora —dice Hestia con un tono pasivo-agresivo.

¿Por qué sé lo que significa «pasivo-agresivo»? ¿Cómo sé lo que significa todo lo que digo y pienso?

—Por supuesto. Aquí van mis palabras: Pandora, te recomiendo encarecidamente que jamás te acerques a ningún hombre. Son unos miserables. Zeus y Poseidón los que más.

—¿Ya estás otra vez con eso? —interviene otra mujer con el pelo púrpura.

—Déjame en paz, Hera.

¿Por qué todas lo tienen de un color distinto? No logro ver el mío. Me palpo la cabeza y descubro un pequeño objeto que parece retenerlo. Consigo quitármelo y mi cabellera me desciende hasta la cintura. Es de color negro. Me gusta. Tiene curvas, no cae recto como el de Hestia. Se toma su tiempo hasta llegar abajo. Qué agradable es tocarlo. Es suave. Relajante.

—¿Seguro que no puedo follármela? —pregunta el de la cabellera azulada a Zeus.

—¿Ves, Pandora? Se delatan ellos solos.

—Hay algo cierto en lo que dice mi hermana y es que no debes acercarte a mi marido. Y menos aún llorar por las esquinas si te da lo que andas buscando.

—¿Insinúas que yo buscaba ser violada, Hera?

Zeus ríe.

—Violada, dice. Qué exagerada.

—Y ahora dirá que yo también la violé...

—Es que tú la violaste, Poseidón —le corta Zeus.

—¡Y TÚ TAMBIÉN! —le grita Deméter.

Zeus ríe con tal incredulidad que la hace parecer loca.

—Ya te gustaría a ti que mi marido te tocara, asquerosa —la increpa Hera.

Deméter aprieta los puños y corre hasta el extremo de lo que mis ojos pueden ver. No tengo claro cómo debo interpretar su consejo. Me da la sensación, por las palabras que se han intercambiado, que aquí han sucedido muchas cosas, no muy agradables, las cuales desconozco por completo. Pero, por si acaso, retrocedo un par de pasos, para alejarme del hombre blanco y del azul. ¿Qué ha querido decir con que quiere follarme? ¿Le gustaría que me quedara quieta? ¿No me dejaría participar en el coito? ¿Por qué sé todas estas cosas?

—¿Qué ninfa es la madre del pequeño hijo de Ares? Hace mucho que no se ve a ninguna por estos lares...

—Es una oceánide —responde Afrodita sospechosamente rápido—. Creo, vaya. Es lo que me ha parecido escuchar...

—Pero ¿no era una oréade? —pregunta Ares—. Padre, hemos dicho que era una ninfa de montaña, ¿no?

Zeus se lleva una mano a la frente. Parece cansado y enfadado. Frustrado, mejor dicho. Qué bien que exista una palabra que describa la mezcla de estos dos sentimientos.

—Es algo rarillo que el propio padre no sepa quién es la madre de su chiquillo.

—¡Vale, ya, Hefesto! —le grita Hestia—. Parece que quieras fastidiar el primer día de Pandora en su nuevo hogar. —Se vuelve hacia mí—. No les hagas caso, hija mía...

—Tú no tienes hijas —la corrige Zeus.

—Eso habrá que preguntárselo a ella. ¿Quieres que sea tu madre, querida?

No me cae nada bien esta mujer, pero el señor tampoco. No me gusta nadie. ¿Qué respondo? ¿Acaso soy capaz de emitir algún sonido?

—Papá, no. Papá, sí. Papá, no. Papá, sí...

El niño alado ha entrado en bucle. Pivota entre el hombre de los ojos rojos, al que mira cuando dice «sí», y los demás, a los que señala al decir «no». Me da la sensación de que el mensaje está claro. Pero ¿qué sabré yo? Si acabo de llegar... todavía no sé de dónde.

—Nos ha quedado claro, pequeño dios alado. Ahora, si te agrada, señala a tu mamá: la mujer a la que tu papá dejó embarazada.

—Señalar es de mala educación —dice Hestia—. No te asustes, Pandora, somos una familia de bien, aunque no todos tienen la suerte de nacer aprendidos como tú. ¡Mirad qué calladita es! A ver si aprendéis un poco... Venga, hija. —Rodea su brazo con el mío y avanza—. ¿Dónde quieres tener tus aposentos? Mi zona es la más tranquila. Soy virgen. Con eso te lo digo todo...

Zeus se interpone en nuestro camino.

—¿Suficiente, hermanita?

Hestia me suelta y resopla.

—¿Qué vas a hacer con ella?

Sonríe.

—Llevarla a su hogar. La están esperando.

—¡Dijiste que no la ibas a llevar tú! —exclama su esposa.

—Cambio de planes. No me fío de ninguno de estos.

Sin darme apenas cuenta, estoy volando. Dos grandes garras me sujetan por los hombros, mientras me alejan del monte en el que he conocido a toda esta gente tan extraña. Agito la mano en señal de despedida. Tengo el presentimiento de que no voy a volver a verlos. O quizá eso es lo que me gustaría.

27

He tenido la sensación de que nos alejábamos mucho, pero mis pies acaban de aterrizar en la misma montaña, aunque un poco más abajo. El suelo es distinto, más rugoso. Tengo que poner especial atención para no hacerme daño en los pies. Enfrente de mí está Zeus, ya en su forma humana. Lo prefiero de pájaro, es más hermoso y menos intimidante. Me está mirando de arriba abajo. Parece hambriento.

—Eres demasiado para él. No sabrá aprovecharte.

Un hombre aparentemente desubicado se acerca a nosotros. Qué extraño. No tiene cabello en la cabeza ni en el rostro. Sus ojos son del mismo color que los de Ares, pero transmiten más calma.

—¿Todo bien, Epimeteo?

Observa a Zeus detenidamente. Ahora a mí. Creo que también tiene hambre. ¿Es normal que los hombres me miren así? ¿Debo preocuparme?

—¿Qué...? —Se detiene para tragar saliva—. ¿Qué quieres, Zeus...?

El hombre pájaro me rodea con su descomunal brazo.

—Agradecerte tu lealtad.

El calvo vuelve a mirarme con ese ímpetu. Me estoy empezando a emparanoiar. ¿Tengo acaso algo extraño? Mis pechos son más grandes que los suyos. Incluso que los de las demás mujeres. ¿Es eso lo que miran tanto?

—Mi hermano dijo que no aceptara nada del Olimpo...

—En ese caso no tendrás problema en aceptar a Pandora. Viene de la isla de Lemnos.

Le guiña un ojo. Epimeteo está incómodo. Yo también, aunque creo que no por los mismos motivos.

—No te preocupes por Prometeo... Está muy entretenido con un árbol. No se va a enterar.

—¿Dónde está el truco?

Ahora parece enfadado.

—¿De qué hablas?

—¿Quién es? —pregunta apuntándome con el dedo—. ¿Qué dios se esconde detrás de esta hermosa humana?

¿Eso es lo que soy? ¿Humana? El hombre lampiño se ha acercado a mí y acaba de poner sus manos en mi cuerpo. Me siento muy incómoda. Uy. Ahora ya no están. Ha desaparecido de mi vista. Me da la sensación de que he sido yo. Me duele la mano derecha, la tengo cerrada en forma de puño. Zeus me observa sorprendido. Oigo un gemido y veo a Epimeteo, que yace en el suelo a varios metros de mí. Intenta levantarse, pero sin demasiado éxito.

—¿Prometeo...? Hermano... ¿Me has pegado?

—Joder —murmura Zeus. Chasquea los dedos y Epimeteo cae al suelo de nuevo—. No vuelvas a pegarle, Pandora. Que me la lías.

No entiendo nada de lo que está sucediendo.

—Lo... sabía. Es una divinidad —dice levantándose de nuevo.

De la mano de Zeus emerge un objeto punzante y me toca un brazo con él. Me duele. Reacciono igual que con el calvo, pero me detiene con la otra mano.

—No lo es, pero está bendecida por todos nosotros.

Le muestra el líquido rojo que se desliza por mi brazo. La incredulidad de Epimeteo se desvanece y se acerca de nuevo, pero ahora con mucho cuidado.

—No parece que quiera quedarse conmigo.

—¿Te sorprende? —pregunta Zeus mirando a su alrededor—. Vives en mitad de la nada, no te has dignado a construirte ni un mísero techo. Los malditos humanos viven mejor que tú.

¿Humanos? ¿Como yo? Quiero conocerlos, seguro que me mirarán distinto.

—No necesito tanto...

—Ella sí.

Zeus extiende los dedos de sus manos. Añade movimientos apuntando hacia diferentes puntos de su alrededor. La montaña empieza a cambiar. Crecen columnas del suelo que aguantan techos y forman paredes. El suelo se aplana. Mis pies lo agradecen. Emergen asientos, mesas, se forman ventanas en las paredes... Esto ya es otra cosa.

—El color blanco no va muy bien para mi memoria...

Con un chasquido la estructura se llena de colores. Parece una mezcla de todos los cabellos de los de arriba. Es bonito de ver, está bien repartido. Me gusta.

—Vuelve a quejarte y la entrego a otro.

Epimeteo mira a su alrededor y luego a mí, otra vez. Cubro la parte de mis pechos que asoma por la parte superior de mi indumentaria. Él resopla.

—No quiere estar conmigo.

¿Cómo lo sabe? Nadie me ha preguntado.

Zeus ríe.

—Menudos problemas tenéis los titanes... —murmura—. Mañana os casaréis. Seréis marido y mujer. Asistiremos todos los dioses, bueno, casi todos. Siempre hay quien se escaquea de estas ceremonias... o no recibe invitación.

Casarme... ¿con alguien al que ni siquiera conozco?

—¿Y si dice que no?

Ríe de nuevo mientras se aleja de nosotros. Su cuerpo se transforma en el ave que me ha llevado hasta aquí y abandona mi nuevo hogar por la ventana. El hombre calvo y yo nos quedamos solos. Siento que me mira. Me vuelvo hacia él y aparta los ojos.

—No quiero incomodarte. Antes te he tocado porque pensaba que podía. No lo volveré a hacer si no es tu deseo.

Tengo dudas de si lo dice por respeto hacia mí o por la hostia que se ha llevado.

—Nunca he estado con una mujer.

Y así va a seguir siendo. Me alegro por las demás, pero no me apetece ser la primera. Me dirijo hacia la salida de este precioso sitio. Quiero encontrar a los de mi especie. Oigo el sonido de un aleteo acompañado de una risa inocente y me detengo. ¿Qué ha sido eso? Busco a mi alrededor, pero solo veo a Epimeteo igual de confuso. Qué mono es. Que no tenga pelo tiene su qué. Y esos brazos largos y escuálidos... uf. Si los humanos no son así no los quiero. Tampoco tengo tanta prisa por averiguarlo. Ven aquí, calvo.

28

Epimeteo me ha explicado que normalmente se hace al revés. Primero nos casamos y luego fornicamos. Después se ha contradicho al explicarme que el orden es un invento de Zeus, o de su padre, ahora no lo recuerdo bien... y que antes no existía el tiempo. Acto seguido ha empezado a contarme no sé qué de sus hermanos y una guerra entre los dioses y ellos, pero yo estaba ocupada intentando que mostrara el mismo interés en satisfacerme que en narrar toda su vida. Ha sido difícil, pero lo he conseguido. Ahora estoy recordando toda la noche mientras estamos los dos de pie, en el Olimpo, recibiendo el aplauso de la mayoría de los del pelo de colores. Llevo una túnica distinta a la de ayer, aunque me aprieta igual o más los pechos. Los dioses pueden convertirse en animales y construir, con un simple movimiento de manos, pero ¿no pueden conseguir un poco más de tela? Epimeteo no deja de mirarme y si eso significa que esta noche priorizará ocupar su boca conmigo y no con sus historias, vale la pena no poder respirar.

—¡¿Qué se siente al estar casado con semejante yegua?! —exclama Poseidón.

—Lo tuyo con los caballos es enfermizo... —dice Hera.

No entiendo el símil con un equino, supongo que es una broma interna. Epimeteo parece no haberlo oído. Está buscando a alguien.

—Mi madre debería estar aquí...

Me habló ayer de ella. Es un pez, o algo así, creo recordar.

—No te preocupes, hijo —dice Hestia acercándose con los brazos extendidos—. Yo seré tu madre.

—Tú no vas a ser la madre de nadie. Pesada —apunta Zeus interponiéndose en su camino.

—Me estoy hartando ya de tu autoritarismo...

—Si en vez de huir al más mínimo conflicto familiar te quedaras aquí, como el resto, ya te habrías acostumbrado.

—¿Te recuerdo cómo acabaron Cronos y Urano por tener este mismo comportamiento? ¿Quieres seguir la tradición?

Zeus agarra a Hestia por el cuello y la levanta del suelo dejándola sin respiración.

—Más te vale que eso no llegue a suceder porque ten por seguro que si sufro la misma suerte os arrastraré conmigo. Mi ruina también será la vuestra.

La suelta y cae al suelo. La diosa respira de nuevo.

—Y basta ya con la tontería de ser madre. Se te concedió la virginidad porque así lo deseaste y tendrás que vivir con ello para el resto de la eternidad. Si no te gusta, haberlo pensado mejor.

Debería estar molesta porque estén arruinando mi boda o quizá, incluso, sentir pena por esta mujer obsesionada con adoptarme, pero la verdad es que no me apetece pasar ni un segundo más aquí. Quiero volver a casa con mi marido y rodearlo con las piernas hasta que no me queden fuerzas. No puedo pensar en otra cosa.

—Venid conmigo.

Zeus nos hace un gesto para que lo sigamos. Obedecemos. Dejamos atrás a Hestia, que nos observa visiblemente dolida. Epimeteo sigue preocupado por su madre. ¿Por qué? Es normal que no haya venido. Es un pez, se ahogaría. Hay algo que me estoy perdiendo. Llegamos al punto más alto del monte. El sol está especialmente cerca. Hace un calor terrible. Me chorrea la espalda de sudor. Hay una mesita con un par de copas doradas encima. Mi mano las ha atravesado. Zeus se ríe.

—Prueba con esta.

Chasquea los dedos y aparece un recipiente parecido a las otras copas, pero transparente. Me pregunto si para todo hace un chasquido; alguna vez se confundirá y, en vez de hacer emerger una bebida de la nada, matará a alguien. Me la termino de un trago. Lo necesitaba.

—¿Qué hacemos aquí? —pregunta mi hombretón.

—Quería dar a Pandora mi regalo de bodas... ¿Te parece bien?

¿Por qué se lo pregunta a él? A mí sí que me lo parece.

—Claro.

Afortunadamente, pensamos igual en todo.

—Querida Pandora, la primera de tu estirpe...

¿Cómo que «primera»?

—... este es mi presente por motivo de tu enlace con el titán más leal a los dioses.

De detrás de él saca una especie de vasija. Es marrón, como yo, pero la rodea una bella cenefa dorada.

—Hago entrega de esta preciosa y delicada jarra, hecha a mano, a la humana de mismas virtudes.

¿«Mismas»? ¿Estoy hecha a mano?

—Dame, ya la cojo yo por ella.

Epimeteo extiende los brazos, pero Zeus se niega a dársela.

—Aunque ella ya sea tuya, esta jarra no lo será nunca. Es mi regalo para Pandora, la única que puede tocarla. —Mi esposo asiente resignado y Zeus me la ofrece de nuevo. Si yo soy de mi marido entiendo que él también es mío, pero ¿en qué términos? ¿Nos poseemos sexualmente o también en otros aspectos?—. Ten. Cógela.

Lo hago. Pesa un poco y parece bastante frágil. Veo que tiene una tapa. ¿Hay algo dentro?

—No la abras —añade.

¿Por qué?

—¿Por qué? —repite Epimeteo en voz alta.

Zeus me mira como si lo hubiera preguntado yo.

—Simplemente, no la abras. Nunca. —Me da un par de golpecitos en el hombro y señala a mi marido—. Y tú, si quieres seguir siendo mi titán favorito, no toques la jarra. Confórmate con la hermosa mujer que te he regalado.

Epimeteo se ha puesto nervioso. No quiere arriesgarse a perderme. Qué mono. Qué afortunada me siento. Me da igual si no puedo o no debo abrir esta jarra, quedará muy bien encima de la mesa de la entrada y nos hará recordar el día en el que nos unimos en matrimonio.

—Pandora, haz el favor de no apoyarte en mi brazo, que hace mucho calor.

29

Han pasado varios días. No hemos vuelto a tener relaciones desde la víspera de nuestra boda. No duerme, no come... está muy inquieto. Esta noche lo he pillado sospechosamente cerca de la jarra. Tenía el brazo extendido. Al verme ha intentado disimular y ha vuelto a la cama conmigo. Sigue allí desde entonces, tumbado pero con los ojos bien abiertos. Reconozco que su curiosidad por lo que debe haber en el interior de la jarra es contagiosa. Sobre todo si no puedo ocupar mi tiempo con lo que me gustaría. Me acerco a él, por detrás, y le acaricio la suave cabeza. Se levanta de un brinco.

—¡Joder! ¡¿Qué haces, Pandora?! ¡¿Estás loca?! —Resopla frustrado y da un golpe en la pared con la mano abierta.

Será imbécil... Menuda reacción más extraña y desproporcionada. Lo mandaría a la mierda si no fuera porque lo quiero. Refunfuña de manera ininteligible y sale del dormitorio. Lo sigo. Se sienta de nuevo cerca de la mesa donde está la jarra.

—¿Cómo puede ser que no quieras abrirla? ¿No sientes ninguna curiosidad? —pregunta sin ni siquiera mirarme.

Lo suyo ya no es curiosidad, es obsesión. Y está llegando al punto de hartarme. Siento como el deseo hacia mi marido disminuye a medida que el suyo hacia la jarra aumenta. Se vuelve hacia mí y hace un gesto con la cabeza para que me acerque. ¿Querrá pedirme perdón? Me aproximo a él, ilusionada, pero antes de poder tocarlo señala la maldita vasija.

—Ábrela.

No fastidies...

—Zeus dijo que yo no podía tocarla, pero también dijo que ahora eres mía. Así que obedece. Abre la jodida jarra.

No quiero. Pero ¿debo?

—¿Estás sorda?

¿Por qué me habla de esta forma? ¿Qué le hecho? Me duele profundamente que me dirija estas palabras, con ese tono tan agresivo. No le he dado más que cariño y escucha, sobre todo. ¿Merezco esto? Se acaba de levantar.

—¡OBEDECE!

Hace medio segundo estaba muy cerca de mi cara y ahora ya no está. Oh, no. Otra vez no. Vuelvo a tener la mano cerrada y me duelen los nudillos. Levanto la mirada en busca de mi marido, pero no hay rastro. Lo único que me llama la atención es una ventana con una forma muy diferente a las demás. Un rayo de luz entra por ella y acentúa una nube de polvo antes imperceptible. Eso no es una ventana, es un agujero. Corro hacia allí y saco la cabeza por el hueco. Hay mucho humo, no logro ver nada. Paso a través de él y camino despacio por la montaña. Lo veo. Está tumbado encima de unos arbustos, boca arriba. Qué extraño, cuando llegué no había casi nada de vegetación. Ahora que lo pienso, los pies ya no me duelen. Está todo lleno de plantas. Epimeteo gime. Ay, pobre. Me siento fatal. No sé por qué me da por reaccionar así, no soy consciente hasta que es demasiado tarde. Es un acto reflejo. Estoy a su lado, de pie. Quieta. Le ofrezco la mano para que se incorpore. Acepta.

—Mi hermano me ha pegado.

¿Qué dice? Creo recordar que me contó algo de que su hermano le agredió por no sé qué de los humanos... ¿O fue porque quería enseñarles a dominar el fuego? No. Eso fue con su madre... creo. ¿O fue Zeus el que quería enseñar a Epimeteo a usar el fuego y Prometeo no quería? Ay, no me acuerdo, no lo estaba escuchando. Pero, por algún motivo que desconozco, él habla como si eso acabara de suceder.

—Se ha enfadado conmigo porque le he dicho la verdad a la cara y no es capaz de soportarlo, ¿sabes? —Se coloca mirando al horizonte y da dos golpecitos en el suelo para que me siente a su lado—. Desde que éramos pequeños...

Hace un momento me lamentaba por haber reaccionado de ese modo, pero... ¿soy muy cruel por cambiar de opinión? No hay ni rastro del Epimeteo agresivo y estúpido que me estaba tratando como una mierda. Ha vuelto el hombre que disfruta contándome su vida. Y aunque no me interese lo más mínimo, si tengo que escoger entre los dos me quedo con este. Apoyo la cabeza en su hombro y él se mueve ligeramente para que me acomode. Es un encanto. Lo amo.

—... y no hay que probarlo para saber que el cielo pesa. Mira arriba. No hay un solo hueco que no esté ocupado por ello. Pero a él se le olvida constantemente, solo piensa en el futuro. A mí, en cambio...

Su cabeza me fascina. ¿Es calvo de nacimiento o se lo quita él? Quizá se quemó el cabello con el fuego y no le ha vuelto a salir. Por eso Zeus quería enseñarle a dominarlo. ¿Por qué a Prometeo no le parecía bien? No me extraña que mi titán esté tan enfadado.

—Pero aunque a veces me pierda en el presente, el pasado no lo olvido.

Qué forma tan bonita de disculparse. Voy a besarle.

—Uau... pero si nos acabamos de... da igual...

Qué difícil es que se calle, pero qué gratificante cuando lo hace y ocupa sus labios con los míos. Aunque parece que no todo va a ir tan bien como desearía. Alguien se acerca. Puedo notar cómo se interpone en la trayectoria de los rayos del sol. ¿En serio? ¿Ahora que, por fin, vuelve a estar cariñoso? Será Zeus, seguro. Querrá comprobar si hemos abierto la maldita jarra. Me doy la vuelta y, para mi sorpresa, no solo no es Zeus, sino que no es nadie. Es un árbol que antes no estaba. Además, parece que se estuviera moviendo, pero se ha detenido en cuanto lo he mirado.

—¿De dónde ha salido eso? —pregunta mi marido.

Echo un vistazo a mi alrededor y me fijo de nuevo en las plantas y hierbas, que cuando yo vine aquí por primera vez desde luego que no estaban; juraría que hace un momento había menos. Me siento un poco estúpida, pero no pierdo nada por probarlo. Agarro a Epimeteo de la cara y lo beso apasionadamente mientras que de reojo observo al árbol, que, en efecto, se mueve, esta vez hacia arriba. Está creciendo. Al igual que el resto de la vegetación. ¿Cómo es posible?

—No sabía que yo podía hacer eso.

Ah, claro. Lo hace él. Por un momento he pensado... Qué tonta. Solo soy una humana.

—¿A ver...?

Me besa de nuevo y el árbol y el resto de la vegetación crecen y se expanden a una velocidad sorprendente. No me mira, pero no pasa nada porque está feliz y yo también. Cierro los ojos y a los pocos segundos me doy cuenta de que nadie me está devolviendo los besos. Epimeteo está de pie, enfrente del árbol, en shock. ¿Qué está viendo? Me levanto y me sitúo a su lado. Yo también me asusto al visualizar lo mismo que él. Hay alguien dentro.

—Pandora... —murmura Epimeteo—. ¿Qué clase de humana eres?

Oh, no. Vuelve a ser el de antes.

—¿Una hamadríade en tierra de titanes? Esto es obra de Deméter. ¿Eres tú, diosa, escondida en el cuerpo de una humana?

¿Habla en serio?

—¿O eres tú...? ¿Madre de la hechicería? ¿Amiga de la diosa de seres vegetales? Hécate... ¿qué más poderes te han dado esta vez?

Ni me molesto en intentar comprender lo que dice. El tono de superioridad, la mirada de asco que lo acompaña, el movimiento de sus manos, que cortan el aire como si fueran insultos hacia mí. Lo odio.

—Si la hieres con tus palabras, herirás a su hija, titán.

La mujer del árbol ha hablado. Epimeteo se queda estático. Me mira con los ojos casi desencajados y, poco a poco, va descendiendo la mirada hasta detenerse. Pero esta vez no apuntan a mis pechos, sino a mi barriga.

—¿Puedo...? —pregunta en voz baja y alargando el brazo.

¿Que si puede qué? ¿Tocarme la barriga? ¿Para qué? ¿Hay algún problema? ¿No está bien? ¿Es demasiado ancha? ¿Delgada? A mí me gusta mi barriga. ¿No puede gustarme? ¿Por qué tengo tantas inseguridades sobre mi cuerpo? ¿De dónde salen?

Ahora que lo pienso... es la primera vez que me pide permiso para tocarme antes de hacerlo. Qué mono. Le sonrío y asiento. Acto seguido me posa la mano en la barriga y me devuelve la sonrisa.

—La hamadríade tiene razón. Voy a tener una hija. Estás embarazada.

¡¿QUÉ?! Oh, no. Epimeteo ha desaparecido. Creo que lo he vuelto a hacer.

30

Han pasado dos meses desde que supimos que íbamos a tener una criatura. Desde entonces, cada día que pasa lo amo menos y lo odio más. A él, en cambio, le sucede al revés. No vaya a ser que nos coordinemos por una vez en la vida. Me cago en su jodida cabeza. Estoy muy violenta. Cuando se me acerca con esa sonrisa de imbécil para tocarme la barriga me entran unas ganas de coserle a hostias... pero mi cuerpo no reacciona igual. Está pendiente única y exclusivamente de lo que estoy gestando en mi interior. Lo de fuera lo ignora.

Me siento engañada. No. Traicionada. Yo no quería quedarme embarazada. ¿Por qué me ha hecho esto? Si es algo que tanto ansiaba, ¿por qué no se ha quedado embarazado él?

—Zeus parió a su hija Atenea —dice la hamadríade.

La mayor parte de los días los paso allí, a su lado, y me llevo la jarra conmigo. No quiero satisfacer el deseo de Epimeteo de mirarla. Es la primera vez que la mujer del árbol me habla.

—Pero no porque tuviera la capacidad de quedarse embarazado, sino porque hubo una profecía que decía que el hijo que tuviera con la titánide Metis sería más poderoso que él. Se enteró de eso cuando ya se había acostado con ella y para intentar evitar su nacimiento se la comió, pero ella se escondió en el interior de su cabeza y allí fue donde dio a luz a su hija: Atenea.

Estoy segura de que esto no es mucho más interesante que lo que suele contar mi marido, pero por algún motivo él me aburre y a ella deseo prestarle atención.

—¿Atenea es más poderosa que Zeus?

La mujer del árbol sonríe.

—No lo sabemos de momento. Aunque la profecía decía «hijos», no «hijas».

—¿Y Atenea no se enfadó?

—Se llevan bastante bien. Es su hija favorita.

—Quizá la trata así por miedo a que llegue a rebelarse.

—Quizá... ¿Qué hay en esa jarra?

Me doy cuenta de que la tengo en brazos y la dejo al suelo antes de que me dé otro retortijón y se me caiga.

—Eso mismo se pregunta mi marido.

—¿El que no te deja hablar?

La miro confundida.

—No recuerdo oír ni una sola palabra salir de tu boca en su presencia y es una pena, porque haces buenas preguntas. Y tienes una voz muy bonita.

Tiene razón. Estoy hablando por primera vez... con alguien.

—Pero ¿por qué me has contado esto de Atenea y Zeus? ¿Cómo sabías que estaba pensando en ello?

—No lo sabía.

—¿Entonces...?

La hamadríade sacude levemente la cabeza para que me acerque.

—No es tu esposo el que me ha hecho crecer, querida —susurra—. Y no era su hija a la que me refería.

—¿Quieres decir que...? Todo esto... ¿Yo? ¿Tú? ¿Cómo?

—Solo sé lo que veo y lo que me permiten saber. Y si la que da vida es madre, tú eres la mía. Y todo lo que sientes lo siento yo.

—Pues lo debes de estar pasando fatal, porque me paso los días mareada. Y siento miedo, enfado, tristeza... No hay ni un solo momento en el que la alegría esté presente.

—Lo sé, y lo siento mucho.

—Gracias. Estar contigo me calma. Y hablar me libera.

—De aquí no me voy a mover.

Se ríe.

—¿Por qué?

—No puedo.

—¿Cómo que no puedes? ¿Estás atrapada en el árbol? ¿Quieres que te ayude?

Se ríe de nuevo.

—No estoy atrapada en el árbol. Soy el árbol. Todo lo que ves: el tronco, las ramas, las hojas, las raíces... forma parte de mí. Es mi cuerpo.

—Pero... ¿Entonces...? ¿No puedes moverte?

—¿Para qué iba a querer hacerlo?

—No me imagino no poder alejarme de mi marido.

—No tengo marido.

—De momento. Tarde o temprano vendrá Zeus a casarte con algún hombre.

—¿Qué quieres decir? ¿Me arrancará del suelo? Si hace eso, moriré...

Creo que la estoy asustando.

—Entonces contigo no lo hará. Supongo que solo lo hace con las mujeres humanas. Aunque...

—¿Qué ocurre?

—Zeus dijo que yo era la primera.

—¿No hay más humanas?

Me tranquiliza que esté tan sorprendida como yo.

—Bueno, supongo que ahora ya sí. O no, no lo sé... —Apoyo la mano en mi vientre y siento otro retortijón—. ¿Cómo nacemos las humanas?

Tarda en responder.

—¿Cómo naciste tú?

—No lo sé... Lo primero que recuerdo es ver a Zeus y a los de las cabelleras de colores.

—Los olímpicos.

—¿Se llaman así?

—Bueno, todos nos referimos a ellos con ese nombre porque este es el monte Olimpo y ellos son los que gobiernan el mundo desde aquí.

—Claro. Tiene sentido. Una de ellas dijo que era mi madre, pero Zeus lo negó.

—Uno de los dos mintió, entonces.

—Supongo...

—Siento que no sepas quién es tu madre.

Me pongo a su lado y apoyo la cabeza en su tronco. Agradezco sentir esta pequeña dosis de tranquilidad por unos instantes. Es agradable. Oh, no. Acabo de caer en algo.

—¿Qué ocurre? —pregunta ella.

Me pongo de nuevo enfrente de ella. Con las manos en mi barriga. Debo de tener la cara desencajada porque estoy muerta de miedo.

—Yo nací así... Con este tamaño... —Señalo mi barriga—. ¿Cómo nacerá? ¿Por...? ¿Dónde...?

La hamadríade se queda en silencio hasta que estalla en una gran carcajada. No lo entiendo. ¿De qué se ríe?

—Ay, querida madre... quizá llevo poco existiendo, pero hay cosas que conozco porque la propia naturaleza me lo dice. Diosas, titánides y humanas dan a luz de la misma forma y todos nacen siendo bebés. —Hace una pausa y su expresión divertida se desvanece—. Pero si tú no naciste así... entonces solo hay una explicación a tu existencia.

—¿Cuál?

—No fueron dos criaturas las que te crearon, sino dos...

Algo acaba de impactar encima del árbol. No logro verlo. Estoy en el suelo, me ha derribado por completo. Estoy bien, entera, pero me duelen los ojos y los oídos. El ruido ha sido ensordecedor y lo ha acompañado una luz blanca que me ha cegado por unos instantes. Poco a poco voy recuperando la visión.

—¡¿Estás bien?! —grito a la espera de respuesta.

Nadie dice nada. Hay mucho humo y... ¿fuego? Entro en pánico y me levanto de un brinco. Sacudo los brazos intentando dispersar la humareda. Toso y, por suerte, no soy la única.

—¡Tranquila! ¡Ya llego! —grito de nuevo.

Avanzo hacia donde me ha parecido oírla. He topado con sus raíces, están levantadas. Oh, no. Ha caído. Sigo caminando. Hay fuego. Intento apagarlo con las manos, pero me duelen. Tengo que arrancarme un trozo de ropa, pero antes de hacerlo la oigo toser de nuevo y decido acercarme.

—Estoy aquí. —Me agacho para verla mejor. Tiene los ojos entornados, pero lucha por mantenerlos abiertos—. Apagaré el fuego.

Hago ademán de levantarme, pero oigo algo romperse y cómo alguien me retiene. Una rama me envuelve el brazo. La hamadrí... mi hija ha roto parte de su cuerpo para agarrarme. Mueve los labios. Intenta decirme algo. Me acerco hasta poner mi oreja a pocos centímetros de su boca.

—Te crearon... dos... —hace una pausa para recuperar el aliento— manos.

Sus ojos se cierran. La rama que envolvía mi brazo cae al suelo. Y yo también.

31

Me despiertan unas voces. Abro los ojos. Estoy en el dormitorio. Tumbada en la cama. Me encuentro un poco mareada, pero los recuerdos de todo lo que ha sucedido me dan fuerzas suficientes para levantarme.

—¡Casi muere! —grita mi marido.

Estoy detrás de la pared, escuchando. No está solo.

—Créeme. Lo último que quiero es matarla. —Conozco esa voz. Es Zeus—. Pero la ninfa estaba a punto de joderlo todo.

—¿No había otra forma de callarla? Ahora me preguntará y...

—Deja de lloriquear, maldito imbécil. Si vigilaras a tu mujer, esto no habría pasado.

—¿Qué hago? ¿La encadeno?

—Si no eres capaz de hacerlo de otro modo...

¿Están hablando en serio? ¿Mi marido quiere encadenarme? ¿Zeus ha matado a la hamadríade? ¿Cómo? ¿Qué ha sido ese destello y ese ruido? «Te crearon dos manos», dijo. ¿Es por eso? ¿Tiene miedo de que conozca mi origen? ¿Qué tienen que ver unas manos con esto?

—No quiere abrir la jarra.

Zeus tarda en contestar:

—Perfecto. Es lo que le dije que hiciera.

—¿Por qué? Si no quieres que la abra, ¿qué sentido tiene dársela? ¿Qué hay ahí dentro? Necesito saberlo. La curiosidad me está matando.

—El que te matará seré yo como no te controles, Epimeteo. —Hace una pausa—. Qué alegría que ya estés despierta, Pandora.

Mierda. ¿Cómo lo sabe? ¿Qué hago? ¿Y si me tumbo de nuevo y ronco?

—Pudimos sacarte a tiempo. —Acaba de entrar en la habitación. Me asusto, pero lo disimulo con una sonrisa—. Y a tu jarra también.

Me la entrega y un recuerdo se expande en mi memoria. Zeus dijo que la jarra estaba hecha a mano y que yo era «de mismas virtudes». Ahora entiendo las últimas palabras de la hamadríade. Pero ¿qué manos? ¿De quién? Epimeteo aparece por detrás y viene hacia mí con los brazos abiertos, pero en cuanto ve la vasija interrumpe el abrazo.

—Me... me tenías preocupado, Pandora. Si te llega a pasar algo a ti o a nuestra criatura..., nunca me lo perdonaría.

No se puede ser más falso... Qué mentiroso y manipulador. A él solo le preocupa la jodida jarra.

—Bueno, ya ha pasado y, por suerte, todo ha salido bien. Pero ve con cuidado, Pandora, porque el bosque es un lugar muy peligroso y pueden pasar esta clase de cosas.

No logro captar la verdadera intencionalidad de sus palabras. ¿Es una advertencia porque me toma por una ingenua? ¿O sabe perfectamente lo que he hablado con ella y me está amenazando?

—Lo mejor será que descanses por un tiempo. Hasta que nazca... —hace una pausa y acerca la mano hasta mi barriga. Extiende los dedos y los posa en ella— la niña.

¿Cómo? ¿Tendré una hijita?

—No sé por qué pone esa cara de sorprendida, la hamadríade ya nos dijo que sería una niña.

No lo dijo. Se refería a ella misma. Pero, después de su muerte, me alivia tener a otra hija. Zeus aún no ha apartado su mano y me lanza una mirada amenazante.

—Epimeteo, avísame cuando tu mujer esté a punto de parir. Quiero que todo salga bien.

¿Es que se piensa que yo no quiero lo mismo?

—Por supuesto.

—No... —rectifica—. Mejor aún.

Hace una mueca con la boca y emite un fuerte silbido. Un sonido agudo rebota en el cielo y una pequeña águila se posa en la repisa de la ventana del dormitorio.

—Ella te vigilará hasta que des a luz. Si sales de la habitación, lo sabré. —Chasquea los dedos y se forma una puerta en la esquina del dormitorio—. Allí tienes el baño y recibirás comida siempre que la necesites, solo tienes que pedírmelo a través de ella y la obtendrás —concluye señalando al animal.

—No hace falta, Zeus, soy su marido. Ya me encargaré yo de que coma y no salga...

—Tienes terminantemente prohibido entrar aquí —lo interrumpe.

Epimeteo lo mira, muy confuso, y luego a mí.

—Pero... ella sola no va a poder...

Zeus le da un golpe seco en el hombro y se oye un crujido. Ha resquebrajado el suelo.

—Tenías razón, Epimeteo. No quiere estar contigo. Cada vez que abres la boca siento como se le acelera el pulso y la niña que lleva en el vientre se pone nerviosa. ¿Verdad que tú quieres lo mejor para tu hija?

—¿Eh? Sí, claro...

—Pues lárgate. Si intentas entrar, lo sabré.

Epimeteo asiente nervioso y hace ademán de irse, pero se detiene y mira a Zeus de nuevo.

—¿La jarra...? —pregunta señalándome.

—Se queda aquí. Con ella.

—Ya... vale... pero... ¿no sería mejor...?

—No.

Zeus acompaña su negativa con un movimiento de muñeca que hace que Epimeteo salga despedido de la habitación y otro más suave que cierra la puerta. Se vuelve hacia a mí con una sonrisa, aparentemente empática, y suelta un gran suspiro.

—Por fin estás a salvo, Pandora. Tú, la niña y la jarra. Durante los próximos meses, todo este espacio será para vosotras solas, sin correr el riesgo de que él entre a molestaros o a intentar llevarse la jarra. Ella no se moverá de aquí. —Señala el águila—. Pero si quieres más privacidad, ahí tienes el baño. —Apoya las manos en mis hombros con delicadeza y se acerca a mi oído—: Suerte que tú eres obediente y no abrirás la jarra.

Me acaricia las mejillas y se esfuma por la ventana.

Dejo la vasija en el suelo y me froto la cara para quitarme el asqueroso rastro de los dedos de este asesino. Me restriego con tanta fuerza que pierdo un momento el equilibrio y, sin querer, golpeo la jarra. Oh, no. Me abalanzo sobre ella y logro recogerla antes de que se tumbe, pero la tapa se entreabre.

—Libéranos —susurran varias voces al unísono.

La cierro de inmediato. ¿Qué narices ha sido eso? O mejor dicho... ¿quiénes? Las voces venían del interior de la jarra, de eso estoy segurísima. ¿Hay alguien aquí dentro? ¿Zeus lo sabe? ¿Qué tiene que ver él con todo esto? Miro al águila y, por un momento, me parece ver los azulísimos ojos de Zeus en los suyos. Yo también necesito que me liberen.

32

No puede ser normal sentir que estás en un sitio al que no perteneces. Debe de ser un error con posibilidades reales de solucionarse. Todas las criaturas tienen su lugar. Un árbol debe estar anclado en el suelo, una nube en el cielo y yo... no lo sé aún, pero desde luego que aquí no. Siento mucha tristeza. Me duele el pecho y la cabeza de tanto llorar. Tengo miedo de contagiárselo a mi hija, pobrecita... Si sigo así, seguro que nace llorando.

Quizá, quien sea que esté en el interior de esta jarra también está en la misma situación. He perdido la noción del tiempo, no sé cuánto llevo aquí. Tampoco me apetecía contar los días y las noches, estaba demasiado ocupada mirando la vasija desde la otra punta de la habitación. No la he vuelto a tocar desde que oí las voces. Le he dado muchas vueltas y aunque lo que se oyó era una clara solicitud de ayuda... el tono era sospechoso.

No parecían desesperadas como yo. Aunque, pensándolo bien, eso no tiene por qué significar que no lo estén. Cada una gestiona la desesperación como puede. Maldita sea, ¿por qué tengo que ser tan empática? Soy incapaz de tener un segundo de paz en la cabeza.

—¿Tú nunca duermes? —le pregunto al águila.

Es la segunda criatura a la que consigo hablar. Es extraño porque tampoco es que lo haya intentado con Epimeteo o Zeus, sino que, simplemente, no me salen las palabras. No hay predisposición por mi parte ni interés por la suya. No creo ni que sean conscientes de que no he emitido sonido alguno. Bueno, con mi marido sí que los emití. ¿En qué estaba pensando? No sé de dónde salieron estas ganas irrefrenables.

—¿Quieres hacer el favor de contestar? —insisto.

Le da exactamente igual. No se ha movido de su sitio desde que llegó. O, como mínimo, no la he visto hacerlo. Solo mueve la cabeza cuando le hablo, pero nada más. Tengo un plan para poder sentir la tranquilidad que merezco, pero necesito que se vaya. La idea es salir por la ventana, enterrar la maldita jarra bajo tierra y largarme bien lejos de aquí, a poder ser donde estén los humanos. Es un plan más bien flojo porque lo primero no tiene pinta de que vaya a suceder y después está el tema de que tengo una barriga del tamaño de una mesa y no creo que llegue muy lejos. Pero tampoco tiene que ser bueno que le esté transmitiendo todo este malestar a mi hija. Ni siquiera puedo descansar por las noches, tengo un horrible sueño recurrente de que llega el día del parto y en vez de una pequeña humana nace una jarra, y luego otra, y otra, y otra... y así hasta que despierto.

¿Por qué Zeus no quiere que la abra? Me encantaría hacerlo y vengarme por lo que le hizo a la hamadríade, pero hay algo que me hace sospechar. No me fío de él ni de esas voces. ¿Y si es una artimaña y en realidad quiere que la abra, pero me dice lo contrario para que crea que...? No. Menuda tontería. Si quisiera abrirla lo haría él mismo o se la daría a Epimeteo, que lleva queriendo hacerlo desde que la vio. Necesito ayuda externa. Si Zeus no la hubiera asesinado... Un momento. Yo la creé. A ella y al resto de la vegetación, que salió prácticamente de la nada. Podría hacer crecer más justo en el baño y así perforarían la pared... aunque, ahora que lo recuerdo, eso solo sucedía cuando me acostaba con Epimeteo. Qué pereza. Y qué asco, a decir verdad. Aún no puedo creer que amara a ese hombre. Aunque supongo que es el precio que pagar si quiero tener la más mínima posibilidad de escapar de aquí. Pero... ¿le puede hacer daño a la niña? No, ¿no? Bueno, lo valoraré de camino. Me levanto de la cama y me dirijo de nuevo al águila.

—Voy a salir de la habitaci... ¡AH!

No es posible. ¿Me acabo de hacer...? Ay, por favor, qué vergüenza. Que me he meado encima. No, espera, esto no es pis. No lo he notado venir. ¿Otra vez? ¿Qué narices es esto?

—¡AH! ¡JODER!

Hostia, ¡qué dolor!

—¡AH!

¿Me estoy rompiendo por dentro? ¿Me estoy... deshaciendo? Mi barriga... se ha movido. Se está moviendo. ¡Se ha hundido! ¿Eso es normal? ¡¿Eso es normal?! No. No, no, no, no. Esto no está bien. Algo me está saliendo. ¿Algo? ¡Alguien! No puedo creer que haya llegado el momento. Hija mía, aún no, por favor, no estoy preparada...

—¡JODER!

Creo que no está de acuerdo. Empezamos bien. Pero está intentando salir por... ¿Dónde? Uy, no, no, no... ¿Por dónde? Por ahí no, por favor. ¿Y si se me cae aquí, ahora, al suelo? Me pongo las manos en la entrepierna por si acaso. ¿Y si me parto? ¿Y si no sale entera? ¿Y si la ahogo sin querer? ¿Y si no puedo...? ¡¿MALDITA SEA, ESTO SIEMPRE ES ASÍ?! Tengo que tumbarme. Me tiembla todo el cuerpo. Siento calor y frío a la vez. La siento. Está bajando ya. Por su cuenta. No estoy haciendo nada, es como si mi cuerpo ya supiera lo que hay que hacer. Tengo miedo. ¡No quiero estar sola!

Levanto los ojos y recuerdo que no lo estoy. El águila me observa con sus ojos amarillentos. Ya no hay rastro de los de Zeus, supongo que prefiere no presenciar esto. Mis lágrimas se mezclan con el sudor y ya no sé si lloro de pena, dolor o cansancio.

—Ne-necesito... a-ayuda...

El animal salta dentro de la habitación. Es la primera vez que se mueve de su sitio. Agacha la cabeza y me da un golpecito en la mano. De pronto estoy sujetando una copa rellena de un líquido que no es agua, pero cuyo intenso olor alivia el tormento que resuena en mi cabeza. Me lo bebo todo de un trago. El águila extiende sus enormes alas y las sacude ligeramente. Levanta una brisa agradable que me rodea el cuerpo y poco a poco vuelvo en mí. Pero la niña no descansa en su travesía para salir de mi interior. Con la fuerza que he recuperado me quito la ropa. Justo a tiempo. Me deshago en un grito larguísimo hasta quedarme sin aire. Acabo de sentir como si la niña me abriera. Inspiro a toda prisa antes de que vuelva el dolor. Lo hace de nuevo. Mi voz se rompe en mitad del chillido y siento que yo también. Pero no es mi cuerpo lo que noto desencajado, es el de otra persona. Alargo un brazo y noto una cabecita. Es ella. Es mi hija. Está saliendo. Ahora sí que tengo que hacer algo. No puede quedarse a medias. Empujo con el vientre. Sus bracitos también están fuera. Los rodeo con una mano y, al mismo tiempo que aprieto, tiro de ella. Ya está. Lo he conseguido. Está fuera.

—Ay... ay, ay, mi niña.

Me incorporo torpemente y la agarro con las dos manos. Me la llevo a la altura del pecho y la balanceo. No sé por qué, pero siento que debo hacerlo así. Tiene algo en la barriga, parece una raíz que llega hasta mí... no lo tocaré por si acaso. Está muy sucia, pobrecita. Recojo mi túnica y la envuelvo con ella. Le limpio los ojitos y toda entera. De pronto se mueve y abre su pequeñísima boca. Estoy enamorada. No puedo evitar llorar. Pero no es de pena, es de felicidad. Ella también llora. Y grita con fuerza. Espero que también sea de amor y, si no, lo siento mucho, pequeña, pero créeme que será la última vez.

—Perdóname por no haber sabido hacerlo mejor y haberte contagiado mi tristeza, pero te juro por mi vida que no volverás a sufrir mis desgracias. A partir de ahora tú eres mi prioridad. Te protegeré de todos los males que nos rodean.

Un fuerte ruido hace temblar las paredes y cubro a mi hija con mi cuerpo.

33

Es de día. Tengo la sensación de que me he dormido. Desmayado, quizá. La niña está bien, comiendo de mi ¿teta? ¿Es eso normal? No lo sé. Pero sí que es verdad que últimamente las tenía muy hinchadas y siento cierto alivio. Levanto la mirada.

—¿Qué ha pasado aquí?

Estoy rodeada de plantas, pero no me he movido de mi dormitorio. La cama sigue en su sitio, aunque envuelta por las ramas. Y la maldita jarra también, en la esquina donde la dejé. El animal ya no está. Recuerdo verla volar cuando ha estallado ese ruido. Observo de nuevo a mi alrededor para asimilar qué ha sucedido. Otra vez. He vuelto a hacerlo. Pero ¿cómo? ¿Acaso es el amor o la felicidad lo que me permite hacer crecer la vegetación? ¿O las dos? ¿Por qué? ¿Cómo me encuentro conectada con el reino vegetal? Los lloros de la niña interrumpen mis dudas.

—¿Qué te pasa, cariño? ¿Qué te asusta?

Me pongo en pie y una hoja que asoma por mi hombro le roza la nariz. Se calma al instante. La arranco con cuidado y le acaricio la naricita. Sonríe, o me lo parece. Tiene la carita tan apretujada que no sé muy bien qué expresan sus muecas. Quizá es tan pequeña que ni siquiera sabe transmitir lo que siente.

—¿Te gustan las plantitas, querida? Mira, vamos a hacer una cosa.

Dejo a la niña en la cama y me doy cuenta de que ya no estamos unidas, una rama rodea la parte de la raíz que me conectaba con mi hija. Qué extraño. Me levanto y siento un dolor intolerable. No fastidies que voy a sacar a otra. ¿Cómo es posible? Me sujeto a un árbol lo suficientemente robusto como para aguantar mi fuerza y expulso algo que cae al suelo.

—¡AY! —grito aterrorizada.

Pero al mirar abajo respiro aliviada. No es otra niña. Tampoco un niño. Es algo... raro. Del mismo tamaño, pero sin cara ni cuerpo y lleno de sangre. De allí sale la raíz que llegaba hasta mi niña. Tengo la sensación de que eso es lo que la alimentaba, pero ahora que está fuera no lo necesita. Me tiene a mí. Se pone a llorar de nuevo. Ay, por favor... Me siento mala madre y apenas acabo de empezar.

—Voy lo más rápido que puedo, amor. Que a mamá le duele la vagina.

Me tiro un poco de agua encima para limpiarme y me pongo otra túnica. A mi ritmo. Cada movimiento brusco me recuerda que acabo de sacar a una criatura que aguardaba en mi vientre. Y a su despensa. Arranco unas cuantas ramas rígidas y otra que parece moldeable. Esta la rodeo por debajo de mis brazos para sujetar a las otras y hago un nudo. Me agacho para recoger a mi niña, con un dolor terrorífico, y ella se calma de nuevo al sentir unas plantitas acariciándole el rostro. Pero aún no estoy lista para irme. Falta la dichosa jarra. Quiero enterrarla. Esta vasija lleva arruinándome la vida desde que Zeus me responsabilizó de ella y ya es hora de quitármela de encima. Pero me faltan manos. Desenvuelvo a mi hija, rompo en dos la tela de la túnica sucia y ato los trozos haciéndola el doble de larga. Me la cruzo por encima de un hombro y la aprieto hasta que queda bien tensa. Pongo a la niña en la tela que cuelga por delante y le doy unas cuantas vueltas hasta que está bien cubierta. Las hojas siguen acariciándola. Perfecto. Con las manos ya libres recojo la jarra. Observo la puerta por última vez y me pregunto si, después de los gritos y el ruido que han salido de esta habitación, Epimeteo ha tenido en algún momento el impulso de entrar. Pero, a decir verdad, no me sorprende que no lo haya hecho. Al fin y al cabo, nunca me ha escuchado.

—No te podré dar un padre, pero sí una madre, hija mía. Que ya es mucho más de lo que yo he tenido.

Salgo por la ventana en la que se posaba el águila. Con el movimiento de las paredes se ha desprendido y es más bien una puerta que me facilita la salida. La montaña ha vuelto a brotar y las plantas, que se han apoderado del terreno, siguen creciendo a medida que avanzo entre ellas. Parece que quieran protegerme. Esconderme de los ojos que puedan observarme desde el cielo. Sigo caminando. Buscando el sitio perfecto en el que enterrar la jarra. Tiene que ser bajo tierra, no entre las plantas. Y un lugar que recuerde, por si surge cualquier cosa y la tengo que cambiar de escondite... o cambio de opinión. Todo el suelo es bastante sólido y, a pesar de haber tanta vegetación, no creo que pueda cavar un agujero con mis propias manos. Unos pocos pasos más y doy con el sitio perfecto. Un árbol caído levantó todas las raíces y formó un agujero enorme. Pero no es uno cualquiera. Es el de la hamadríade.

—Mira, cariño, aquí vivía tu hermana, en este árbol.

Me agacho con cuidado y deposito la jarra en el interior del agujero. La cubro con la tierra que se levantó hasta dejarla completamente sepultada.

—Se acabó. Por fin.

Me pongo en pie y sigo mi camino en dirección contraria al lugar en el que he estado lo que llevo de vida. Ni siquiera miro atrás. Cuanto más lejano sea el recuerdo, mejor. Las plantas siguen creciendo a mi paso. Nacen del suelo y se elevan hasta más allá de mi cabeza, y me cubren entera. El sol está espléndido y agradezco la sombra que me ofrece la vegetación, especialmente para mi niña. Oigo un grito y me detengo.

—¡PANDORA!

No fastidies. Es Epimeteo. No me lo esperaba. Tengo que seguir.

—¡PANDORA, VUELVE!

Y una mierda.

—¡PANDORA, TE AMO!

Oh, no. Cada vez está más cerca. Voy lo más rápida que puedo, pero entre que estoy dolorida y voy con la niña... me atrapará en cualquier momento. Estoy perdida.

—Sujeta bien a tu hija.

Me giro y a pocos metros veo a Epimeteo, pero no ha sido él quien me ha dicho esto. No era su voz. Obedezco sin preguntar. Rodeo a mi bebé con los brazos. El camino que se forma a mi paso comienza a cerrarse a medida que avanzo, pero mi velocidad no es la misma. Voy a toda hostia. Las plantas del suelo me llevan en volandas agigantando mis pasos. Tengo miedo, pero más miedo da estar de nuevo bajo el mismo techo que mi marido. En cuestión de minutos llego al pie de la montaña, pero no logro detenerme. Sigo navegando por la vegetación. ¿Adónde me lleva? Mi cuerpo ya no me pertenece del todo. Algo me guía, o alguien. El paisaje cambia. Las piedras se vuelven lisas. Hay humedad en el ambiente y las ramas se hacen líquidas. No entiendo nada. Me doy cuenta de que ya no hay suelo bajo mis pies. Hay agua. Nunca he visto tanta agua. Las plantas ya no me trasladan de una a otra, sino que un manto de hojas enormes me sostiene y no me suelta. Y avanzo. Alzo los ojos y miro atrás, pero ya no veo de dónde vengo. La tierra está tan lejos que ya es imperceptible. Pero, al mirar adelante, veo claramente a dónde voy. Es una silueta limitada, una orilla corta, una tierra que está sola encima del agua. Una isla. Justo en la orilla puedo ver a dos personas. Dos mujeres. Una de ellas también sujeta a una bebé en brazos. A la otra... la conozco. Ese cabello de color verde lo vi el primer día de mi vida. Me miran. Parece que estén esperándome. La planta que me transporta disminuye la velocidad de manera progresiva y, cuando llego al comienzo de esta desconocida tierra, se detiene. Pongo los pies en la arena y la planta desaparece en el agua. Las mujeres me observan a muy pocos metros, inmóviles. La del pelo verde estoy segura de que es una olímpica, pero la otra es diferente, y ya no por el color de su cuerpo sino por el cuerpo en sí. Está hecha de agua. Pero la criatura que sujeta, no. Es como mi hija y como yo. Humana. La diosa da un paso al frente y extiende la mano.

—Te dije que no te acercaras a ningún hombre.

34

Huir de mi marido para acabar en una isla con su madre no es lo que yo tenía planeado, la verdad. Ha sido una grata sorpresa descubrir que no es un pez. Me ha explicado que es una oceánide, hija de Óceano. ¿Debo llamar a mi hija entonces «Pandóride»? No me gusta. Mi bebé es así como pelirrojilla, como fuego... ¡eso! Pirra, me gusta, la llamaré Pirra, que significa «color del fuego». Y pensar que me parecía rarísimo ver a tantas criaturas con los pelos de diferentes colores...

—No debí dejarlos solos con su padre, Deméter... —dice Clímene—. Prometeo tenía razón...

Rompe a llorar y sus sollozos contagian a la mía y al suyo. No me jodas, suegra.

—Prometeo es su hermano, ¿no? ¿El que le pegó? Acabo de acordarme.

La oceánide asiente mientras se seca las lágrimas.

—Este es su hijo, Deucalión.

Me muestra el niño que tiene en brazos. Es un poco mayor que mi hija, pero no creo que por mucho.

—Es monísimo —le digo.

—Él no piensa igual. Quería tener una hija.

—Ah... ¿por qué?

Clímene se muerde el labio y le hace un gesto a Deméter para que responda ella.

—Eres la primera mujer humana porque las que creó Prometeo no llegaron a vivir. Zeus las destruyó antes.

—Y yo no se la pude dar —dice Clímene.

Se hace un silencio. No estoy segura de haberla entendido.

—¿El qué? —pregunto.

Señala a Pirra.

—La niña que tanto deseaba.

Miro de reojo a Deméter buscando confirmación de lo que creo que acaba de decir. La diosa asiente.

—Dijo que, para contrarrestar la destrucción de las mujeres a las que dio forma, debíamos tener una. Para él era importante que se pareciera a mí. Dijo que tenía que significar algo que le hubiera servido de inspiración para crear a las primeras. Y lo intentamos.

No puedo creer que vaya a decir lo que voy a decir.

—¿No podéis volver a intentarlo?

Clímene rompe a llorar de nuevo.

—¿Qué he dicho?

Deméter me hace un gesto para que me acerque a ella.

—Prometeo se ha enamorado de otra... criatura.

—Vaya, siento haber sacado el tema.

—No es culpa tuya. Tarde o temprano tendrá que superarlo. Lleva así desde antes de que tú nacieras...

—¿Sabes cómo nací? —la interrumpo—. Perdona, es que... conocí a una hamadríade, bueno, ella dijo que la creé yo, aunque no sé cómo... bueno, me dijo que me habían hecho unas manos.

Deméter sonríe.

—Tienes una voz muy bonita. —Su cumplido hace que me sonroje—. Te acuerdas de tu primer día, ¿verdad?

Asiento.

—Me acuerdo de ti. Y de los demás.

—Bien. El hombre con el rostro asimétrico, el que rimaba las frases...

—¿El que no dejaba de preguntar por el niño con alas?

—Exacto, Hefesto. Fueron sus manos las que te dieron forma. Por orden de Zeus.

—¿Orden?

—Sí. Pero no fuiste su único decreto. A los olímpicos nos mandó que cada uno te concediéramos un don. Que controles a las plantas y les des vida fue el mío.

Ahora lo entiendo.

—Pero... no siempre puedo hacerlo. Solo ha sucedido en momentos muy concretos, momentos...

—¿Felices?

—Sí... eso es.

—Por eso te he hecho venir, querida. Porque a mí me sucede lo mismo, aunque como diosa del reino vegetal me veo obligada a ejercer mi labor aun estando deprimida, hay cosas que se escapan de mi poder cuando mis sentimientos no acompañan. Necesitamos tu ayuda.

¿Ayuda? ¿Es normal que una olímpica necesite a una humana?

—¿Qué puedo hacer yo por vosotras?

—No es solo por nosotras —interviene Clímene—. Es por todos. Por nuestros descendientes también. Prometeo lleva tiempo enamorado de un árbol gigantesco. Sucedió de golpe. De la noche a la mañana. No sabemos cómo ni quién lo ha provocado. Pero claramente hay una divinidad detrás de todo esto.

Qué extraño. A mí me pasó algo similar, pero no con un árbol, sino con Epimeteo.

—¿Un dios puede hacer que te enamores? —Ambas asienten—. ¿Y que te desenamores?

—Por eso huías de mi hijo, ¿verdad? —pregunta Clímene.

No respondo.

—Tranquila. No tengo intención alguna de defenderlo. Lo único que te pido es que nos expliques cómo pasaste de ese amor... al odio. ¿Recuerdas si hiciste algo?

—Yo no hice nada. Fue él. Se volvió loco con... —Iba a decir la jarra, pero prefiero mantenerla enterrada, literal y metafóricamente—. Empezó a tratarme mal. Me gritaba. Me hablaba con desprecio. Y a medida que aumentaba su menosprecio, disminuía mi amor hacia él. Hasta que llegó a un punto en el que el amor se convirtió en rechazo.

Deméter y Clímene se miran. La oceánide asiente.

—Haz que el árbol rechace a Prometeo.

35

Esta situación es esperpéntica. Llevamos un rato observando a Prometeo desde una distancia prudente para que no se sienta incordiado. Está débil. Exhausto. Unos ratos llora, otros duerme, pero no suelta la raíz que sobresale del suelo y a la que abraza con todas sus fuerzas.

—Aún no logro entender qué puedo hacer yo que no puedas hacer tú. Solo soy una humana —le digo a Deméter.

—Si cada humano recibiera dones de todos los olímpicos, nuestro reinado llegaría a su fin. Y créeme: eso es lo último que Zeus quiere.

—¿Por qué me ha creado entonces?

—Se ha visto obligado. Por una profecía.

—¿Una profecía? ¿De quién? ¿Qué decía?

Deméter sacude la cabeza.

—No lo sabemos. Las profecías pertenecen a uno y este puede compartirla con quien quiera. Y, para sorpresa de nadie, no estábamos en su lista. Pero si logramos que Prometeo vuelva en sí, él podrá guiarnos en lo que el futuro nos aguarda.

—Y podremos volver a intentarlo... —añade Clímene.

—Eso también, claro que sí.

—Sigo sin saber cómo puedo...

Deméter me agarra por la túnica y me pone a su altura. Sujeto fuerte a la niña para que no se caiga.

—Estoy bastante segura de que Afrodita está detrás de todo esto y llámame loca, pero creo que el niño de las alas, de quien ya sabemos que ella es su madre... —qué fuerte— también ha tenido algo que ver. Yo vi cómo la diosa de la belleza te soplaba en la boca como el resto de los olímpicos y cuando fue el turno de Ares, el violento dios de la guerra llevaba en brazos al niño alado.

Quizá es por eso que Ares tenía esos arrebatos violentos.

—Pero ¿qué me otorgó Afrodita? ¿Qué tiene que ver su hijo?

—Afrodita es la diosa de la belleza. Quizá el don que habrás recibido es el de alterar el aspecto de las criaturas. De ser así, además de provocar que el árbol rechace a Prometeo, podrías brindarle un aspecto repugnante para que sea él mismo quien se marche. Y el niño, si es hijo de ella con Ares...

—¿Qué?

—La belleza es atracción y deseo. La guerra es conflicto e impulso. Una mezcla de las dos solo puede convertirse en...

—Amor —la interrumpo.

—Y ahí está el don de Atenea, la más sabia del Olimpo —interviene Clímene.

—¿Creéis que habrá tenido algo que ver con mi repentino amor hacia Epimeteo y con el suyo hacia un árbol? —pregunto señalando al titán.

—Si estamos en lo cierto, sería lo más evidente —responde la diosa.

Me siento manipulada, engañada. Me han obligado a sentir cosas que no sentía hacia una criatura que detestaba desde el primer momento. ¿Qué clase de miserable hace algo así? ¿Cómo se atreven a usarme de ese modo? ¿Quién soy ahora? ¿Mis sentimientos ya son míos o alguien sigue manipulándolos?

—¿Amo a mi hija de verdad?

Ambas me miran estupefactas.

—¿Qué has dicho?

Desenvuelvo a la niña y la agarro por un pie.

—¿Cómo puedo estar segura de que lo que siento hacia ella es verdadero?

—Pandora... —dice la diosa acercándose con cautela—, dame a la niña.

—He hecho todo lo que me ha dicho Zeus. Todo lo que él ha querido. Me fui a vivir con Epimeteo, me casé con él, me quedé embarazada, me encerré en una habitación hasta que nació mi niña... pero ahora que he salido, que he tomado una decisión por mí misma, lo he descubierto todo.

Mi hija llora.

—Dame. A la niña —insiste Deméter extendiendo los brazos.

—Lo siento, hija mía. No debiste nacer. Pero tu madre se encargará de que esto que nos ha pasado a nosotras no vuelva a sucederle a nadie. —Se la entrego a la diosa—. Toma. Le gustan las plantas.

Deméter la rodea con sus brazos y le hace ruiditos con la boca para tranquilizarla.

—Pandora —dice Clímene—. Por favor... ayuda a Prometeo.

—No puedo. Tengo que poner fin a esto.

—¿De qué estás hablando?

—Hay algo que Zeus no quiere que haga. Me lo dejó claro el primer día y me lo ha ido recordando desde entonces. Y yo he obedecido como una estúpida. Tengo que volver allí.

—Y aquí está la impulsividad de Ares —apunta Deméter—. Es una pena que los hombres también hayan participado en la entrega de dones, pues lo suyo es más una maldición que otra cosa.

—No conseguirás que cambie de opinión...

—Lo sé. Muy típico de ellos. Cuando se les mete algo en la cabeza no hay diosa que se lo saque. Lo mejor que una puede hacer es permitir que se equivoquen y esperar a que llegue el día en el que se den cuenta de ello.

—Sí, mejor eso que recurrir a la condescendencia.

Qué rabia me está entrando de pronto. Doy media vuelta para irme.

—¿Cómo vas a regresar? No creo que con esta actitud mi reino responda a tus deseos.

Me detengo. No lo había pensado. Pero creo que tengo la solución.

—¿Es aquí donde Prometeo creó a los humanos, verdad?

La soberbia de Deméter es sustituida por una expresión de preocupación.

—¿Qué pretendes, Pandora?

—Llevo toda la vida viviendo entre dioses, titanes... y no he hecho más que sufrir. Ya es hora de que sea mi estirpe la que me ayude.

Ambas intercambian miradas de alerta.

—No es buena idea —dice la oceánide.

—No necesito vuestra opinión.

—Son hombres —añade la diosa en un intento de persuadirme.

—¡No! —exclamo—. ¡Son humanos!

—Dioses, titanes, humanos... todos los hombres son lo mismo. Da igual a qué raza pertenezcan, dónde vivan, si tienen poderes, si son mortales, es completamente indiferente. El único lugar seguro para nosotras es cuando estamos unidas.

—Odias mucho a los hombres, pero bien que me has traído aquí para salvar a uno.

Deméter hace ademán de responder, pero Clímene se avanza.

—Déjala, Deméter. Ya la has avisado. Ella tiene que tomar sus propias decisiones.

No puedo soportar más condescendencia. Camino

hacia el bosque y me alejo de ellas. Oigo el llanto de mi hija y una profunda pena y arrepentimiento me inunda el corazón. Pero no puedo correr ningún riesgo. Nada me asegura que Zeus no esté manipulando mis sentimientos.

36

Anoche no tuve pensamientos propios. Lo sé. No eran míos. Zeus aprovechó que me había refugiado en una cueva en mitad del bosque para meterse en el interior de mi pecho. Me hizo sentir todo lo que quiso. No pude detenerlo. No tuve ni siquiera la fuerza para resistirme. No tuve miedo, Zeus me hizo sentir miedo. No me acurruqué porque tuviera frío, me retorcí porque él me hizo imaginarme todos los peligros que podía haber fuera, lo que podría entrar si me atrevía a cerrar los ojos. Oí ruidos, gritos, crujidos, pasos... Estoy convencida de que nada era real. Era él jugando conmigo. Pero logré resistirme al pánico y, al ver que no funcionaba, fue más allá. Me hizo pensar en mi hija. En si estaba viva. Me hizo imaginarla envuelta en la oscuridad, perdida, sin mí. Me hizo creer que oía su llanto, aunque en realidad era yo la que lloraba. No fue una noche mía. Fue suya.

Pero ahora que ha amanecido, que estoy despierta aún sin haber dormido, haré que el día sí lo sea. Encontraré a esos humanos y me ayudarán a volver. No he descansado, solamente he comido. Esta cueva estaba llena de fruta y yo muy hambrienta. Me ha parecido extraño porque no hay ningún árbol dentro, pero no he venido hasta aquí para investigar el origen de estos alimentos. Me dispongo a salir de la cueva. Pongo un pie en el exterior y un objeto afilado se interpone en mi camino, a la altura de mi garganta. Lo sujeta un hombre con el que comparto el color de piel. Es humano. Él también se ha dado cuenta.

—¿De dónde has salido?

Está muy confundido. Intento contestarle, pero no puedo. No me salen las palabras otra vez. Estoy muerta de miedo. O Zeus hace que me sienta así. No lo sé, pero me limito a señalar la cueva de la que he salido. Echa un vistazo a su interior y su mirada de incomprensión se transforma en furia.

—Nuestra comida... —Aprieta fuerte el arma contra mi cuello—. ¡¿Dónde está?!

He notado un pinchazo y siento como la sangre desciende por la herida. Me agarra de las manos por detrás y me inmoviliza. He tenido el impulso salvaje de golpearle, pero no tengo fuerzas aún, no me he recuperado, necesito descansar. Me rodea las muñecas con algo y luego me hace lo mismo con los tobillos. Me agarra de la cintura y me sube a su hombro. Intento zafarme, pero me apresa fuerte con el brazo y me rindo.

—Veremos qué dice Pyrarcos de qué hacer contigo.

¿Y ese quién es? ¿Alguna especie de líder? De momento los humanos no me están pareciendo muy agradables, pero también es verdad que solo he conocido a uno. Empieza a caminar conmigo a cuestas, boca abajo. Tengo las piernas y la cabeza colgando, pero aunque el miedo siga monopolizando mis emociones, el balanceo es agradable y cada vez me cuesta más mantener los ojos abiertos. Un chorro de agua me impacta en la cara. No sé si he llegado a dormirme o todo ha ido muy rápido. Ahora estoy sentada en el suelo, con la espalda apoyada en lo que creo que es un árbol. Enfrente de mí hay decenas de hombres como el que me ha interceptado. Son los humanos. Los he encontrado... Bueno, ha sido más bien al revés. Visten prendas peludas, parecen cuerpos de otras especies, animales, supongo. Como era de esperar, no hay ninguna mujer y, por cómo me miran, creo que soy la primera de su estirpe que han visto en su vida. Están confundidos, susurran entre ellos mientras me señalan, miran sus cuerpos y parece que los comparan con el mío... Tengo dudas de si son conscientes de lo que es una mujer.

—¡Abrid paso! —grita alguien por detrás de la multitud.

Los humanos obedecen a toda prisa y forman un pasillo por el que aparece uno de ellos a quien todo indica que respetan por encima de los demás. Lo único visible que lo diferencia del resto es un conjunto de hierbas secas que rodean su cabeza. Por lo que puedo entender, es el Zeus de los humanos. Su líder. Su expresión de incredulidad cambia en cuanto me ve. La actitud hostil con la que estaba acercándose desaparece y, al llegar hasta mí, se agacha y con mucho cuidado me sujeta la barbilla y me acaricia las mejillas como si quisiera comprobar que mi aspecto es real.

—«Un día llegará una mujer de vuestra estirpe y en ella...» —Se interrumpe a sí mismo—. Prometeo me habló de ti... ¡Desatadla!

El mismo que me ha cargado hasta este lugar viene a toda prisa con su afilada arma en la mano y se acerca al oído del presunto líder.

—Pero se ha comido nuestras frutas...

—¿Es que tú nunca tienes hambre, Piedra? Libérala ahora mismo.

¿Cómo lo ha llamado?

—Ahora mismo, Pyrarcos... —dice a regañadientes.

Claramente hay cierta tensión entre estos dos. Piedra corta lo que ha usado para inmovilizarme y vuelve con el grupo. Pyrarcos me ayuda a levantarme y se pone a mi lado. Es igual de alto que yo, aunque alce la barbilla y levante ligeramente los talones del suelo. ¿Por qué hace eso?

—¡Hermanos! —exclama hacia ellos—. ¡Nuestro padre, Prometeo, poco antes de perder la sensatez, me dijo que un día vendría una mujer de nuestra estirpe! —Los humanos hablan todos a la vez, con muecas de sorpresa y confusión—. ¡Silencio! —Callan—. ¡Tal y como dijo, ese día ha llegado! ¡Ella es la mujer de la que me habló!

Me señala y todos me miran extasiados, como si yo fuera algo inaudito. El pánico aún no me ha abandonado, parece que Zeus se está recreando.

—¡Pero dijo algo más! ¡Algo que en su momento no entendí, pero que ahora da sentido a su llegada por el punto en el que nos encontramos! —Respira hondo y prosigue—: Desde que nuestro padre se fue... ¡hemos perdido a quince de nuestros hermanos! ¡Podría ser peor, sí! ¡Nos las apañamos bien sin nuestro creador, pero todos sabemos que no es suficiente! ¡Nuestra raza corre peligro y no podemos permitirnos perder a ninguno más de nosotros! ¡Hasta hace un rato creíamos que la única manera que teníamos de reproducirnos era a través de la voluntad de Zeus! ¡Algo con lo que nunca hemos podido contar desde que Prometeo nos otorgó el fuego! ¡Alabado sea!

—Alabado sea —repiten los demás.

—«Un día llegará una mujer de vuestra estirpe y en ella residirá vuestra salvación.» ¡Eso fue lo que me dijo! ¡Y ahora lo entiendo!

Me agarra de la mano, entrelaza sus dedos con los míos, y las levanta en señal de victoria.

—¡Nuestra segunda generación no vendrá del barro! ¡Ni del aire de Atenea! ¡Vendrá de ella! ¡Tendremos descendientes del mismo modo que los dioses! ¡Esta mujer será la madre de nuestros prójimos!

¿Qué coño ha dicho?

—¡Y yo, tal y como Prometeo hubiese querido, seré su padre!

Todos claman a Pyrarcos y celebran la gilipollez que acaba de decir. Bueno, todos menos el de las frutas, Piedra, que observa a su líder con los brazos cruzados. Y yo, que ahora sí concuerdo con el terror que me producen los berridos de todos esos humanos. Y entre grito y grito se cuelan en mi cabeza las palabras de Deméter advirtiéndome de que todos los hombres son iguales. Independientemente de su estirpe.

37

Antes me lanzo al fuego que ondea en el centro de sus aposentos que acostarme con este desgraciado. Me ha llevado hasta una casa de piedra. No es la única, pero sí la más grande y elaborada... si la comparas con el resto. Evidentemente es una basura al lado de donde vengo, pero por algún motivo este humano cree que vive en el propio Olimpo. Estamos solos. Ha ordenado que nadie nos moleste.

—¿No tienes frío con eso que llevas? —pregunta señalando mi túnica—. Acércate al fuego para calentarte.

Obedezco. No quiero actuar de manera impulsiva. Antes debo averiguar cómo escapar de aquí y sortear al resto de ellos, que aguardan a las puertas de la casa. Me siento idiota por haber creído que serían diferentes.

—Este es el fuego de los dioses. El que robó Prometeo. Construimos este pedestal de piedra y desde entonces nunca se ha apagado. Y esto que llevo en la cabeza no es una hierba cualquiera... es hinojo. El mismo hinojo que nuestro padre usó para prender el fuego y llevarlo hasta aquí.

Está intentando impresionarme. A mí. Que he sacado a una humana por la vagina, he enterrado la jarra que me dio Zeus y he escapado de mi marido titán montada en una planta surcando el mar. Y todo en menos de dos días. A pesar de todo, pongo cara de admiración porque sigo queriendo salir entera de aquí.

—Nosotros vestimos con pieles de animales que matamos con nuestras propias manos. Los tenemos sometidos. Somos sus dioses.

Esto está siendo más duro de lo que pensaba. Cada cosa que dice es una estupidez mayor que la anterior. Alguien llama a la puerta. Menos mal. Ha ido acercándose a mí a medida que hablaba y ahora se ve obligado a alejarse, aunque a regañadientes. Abre. Al otro lado está Piedra, que pone un pie en la puerta sin darle opción a que le niegue la entrada y se cuela.

—Tenemos que hablar —dice.

Pyrarcos da un portazo y camina hacia él. Yo aprovecho para sentarme en el suelo, pues cuando la tensión va dirigida a otro mi cuerpo me recuerda que estoy recién parida y el dolor vuelve.

—Yo no «tengo» que hablar contigo de nada.

—Bueno, pues yo sí.

Pyrarcos resopla.

—Pues va. Habla.

—Se ha comido nuestra fruta.

El líder se lleva las manos a la cara.

—No me lo puedo creer, Piedra.

—Yo tampoco. Cuando lo he visto me he quedado en shock. Me costó mucho tiempo y esfuerzo reunir todo ese alimento. Si quiere formar parte de nuestra familia tiene que sustituir lo que se ha comido. Tiene que ir a por fruta. Como hacemos todos.

—Todos, no. Yo no recolecto alimentos.

Piedra se muerde el labio y mira al suelo.

—Eso no significa que esté bien.

—Lo está. Yo soy vuestro líder, mi trabajo es guiar al grupo, así lo quiso Prometeo. Y ella será mi mujer, madre de la segunda generación de humanos, y ese será su trabajo, no ir a por fruta. Así es como lo querría nuestro padre.

—¡No hables por él! ¡No sabes lo que querría! —grita Piedra, visiblemente dolido.

—Ah, ¿no? ¿Y tú sí?

—Yo no hablo por él.

—¡¿Crees que la mujer de la profecía de padre tiene que ir a buscar fruta, Piedra?! ¡¿Estás diciendo eso?! ¡¿Te estás oyendo?!

—Vale. Está bien. Tienes razón, hermano. Su labor es otra, te pido disculpas.

—¡Gracias! —exclama el líder haciendo aspavientos.

—Pero ¿por qué tienes que ser tú el único padre?

Pyrarcos se queda estático.

—Es genial que recuerdes la profecía, pero también podrías recordar otras palabras de Prometeo. Como, por ejemplo, lo que te dijo cuando te nombró líder del fuego.

—Que tenía que lideraros...

—No —lo interrumpe Piedra—. Dijo que protegieras el fuego, pero que también lo compartieras con nosotros, tus hermanos. Y no solo eso, sino que trabajáramos en equipo. —Levanta una mano y me señala—. Que solo tú puedas ser padre no es trabajar en equipo.

¿Qué acaba de decir?

—¿Insinúas que tenemos que acostarnos todos con ella?

Eso es lo que yo he entendido, ¿podemos estar equivocados los dos, por favor?

—Sería lo más justo.

Oh, no. Con un poco de suerte se pelearán y podré escapar. Pyrarcos se apoya la barbilla en la mano, pensativo. Me mira y luego echa un vistazo afuera, donde están sus hermanos.

—Considero que tienes parte de razón en que no es justo que solo yo sea padre, pero trabajar en equipo no significa que todos lo tengan que ser. Somos demasiados. Aun así, creo que debemos hablarlo. —Se vuelve hacia mí—. Ahora regreso, mujer.

Y salen por la puerta cerrándola a su paso. ¿Qué ha sido eso? ¿Por qué no han usado la violencia como los dioses o como los titanes? Pyrarcos es un simple humano que se cree un dios... ¿De dónde ha sacado ese sentido común? Deberían estar pegándose, como habría hecho Zeus si un dios lo desafiara de ese modo. Pero ¡¿qué estoy diciendo?! ¡¿Qué sentido común ni qué humano muerto?! ¡QUE ESTO TRATA DE MÍ! ¡QUE SE ME ESTÁN REPARTIENDO COMO SI FUERA UNA DE SUS FRUTAS! Tengo irme de aquí ya. Me da igual que me vean. Es más peligroso quedarme. Que me persigan. Abro la puerta y allí están todos. Enfrente, a pocos metros de la vivienda. Charlando tranquilamente sobre quién quiere acostarse conmigo. Zeus sigue acertando con mis emociones, estoy aterrorizada. Uno de ellos me ve y pienso en hacerle un gesto para que no hable. Para que no me delate. Pero antes de que pueda hacer nada ya ha levantado el brazo y su repugnante dedo índice apunta hacia mí. Todos se giran y me ven. No hay una decisión correcta que tomar, pero prefiero intentar huir a riesgo de morir atravesada por una de sus armas, que ser violada. Así que echo a correr.

38

Mi intención era pedirles ayuda para volver y destapar la maldita jarra. Pero ahora me encuentro detrás de unas rocas, escondida, porque una turba de humanos, de hombres, me persigue por el bosque porque creen que soy la salvación de nuestra raza. Deméter dijo que me habían creado por una profecía y, si es esta que dicen, están apañados. Ya puede Hefesto crearme una sustituta porque no pienso dejarme tocar por ninguno de ellos.

—¿Por qué te buscan?

Casi grito del susto, pero Deméter me ha puesto la mano en la boca. La retira en cuanto confirma que la he reconocido.

—Me he comido su fruta —miento.

No quiero darle el placer de tener razón.

—No podrás esconderte siempre.

—He corrido yo sola, sin la ayuda de tu reino, diosa. ¿Cómo recurro a tu don en momentos de angustia si solo la felicidad mueve las plantas? Por favor, ayúdame a escapar de aquí. Quiero volver.

—Antes tienes que ayudarme tú...

—Vale. Sí. Pídeme lo que quieras, pero, por favor, ayúdame —la interrumpo ansiosa.

—Haz que Prometeo...

No fastidies.

—No. Cualquier cosa menos eso.

La diosa resopla.

—No hay nada más, Pandora. —Es que ni loca. Me niego—. Con que lo pruebes una vez es suficiente. Si no funciona, si no logras que se desenamore del árbol, te ayudaré igual.

Aceptaría si no fuera porque no quiero correr el riesgo de conseguirlo y que entonces Prometeo convenza a la diosa de que tengo que acostarme con todos estos humanos.

—He dicho que no.

—Pero ¿a qué viene este cambio de parecer? Esto es por el bien de todos.

—¡¿Por el bien de todos?! —grito. No puedo callarme—. «Un día llegará una mujer de vuestra estirpe y en ella residirá vuestra salvación.»

—¿Qué has dicho? —pregunta la diosa con una expresión muy confusa.

—Lo que tu querido amigo que se enamora de árboles les dijo a los humanos. Una profecía, dicen. Y, oh, sorpresa, la mujer soy yo.

—Pero... ¿cómo se supone que los salvarás?

—Pues eso es lo mejor, Deméter... —respondo con evidente sarcasmo—. Dándoles descendientes.

En el rostro de la diosa se dibuja una expresión de horror y por un segundo tomo conciencia del grave peligro que corro. Necesitaba esta empatía, aunque solo fuera para confirmar la magnitud de la amenaza que suponen.

—Sabiendo esto no puedo ayudarlo.

—No puede ser... tiene que tratarse de un error.

—A mí no me lo parece.

—Una cosa es una profecía y otra muy distinta es la interpretación que se le da. La única forma de que estos humanos dejen de perseguirte es recuperando a Prometeo. Así les dirá el verdadero significado...

—Pero ¿cómo puedes decir eso? —la interrumpo—. Precisamente tú, que no has dejado de repetirme, de todas las formas posibles, que no confíe en los hombres.

—Esto es diferente...

—Ah, ¿sí? ¿Por qué?

Se toma su tiempo para responder.

—Cuando el titán vuelva en sí, dará respuesta al porqué de tu creación...

—Ya la tengo. Me la han dado ellos.

—No. Es imposible que Zeus te creara para que dieras hijos a los humanos, y menos aún después de que Prometeo les diera el fuego. Lo extraño es que aún no los haya exterminado.

—No tienes ni idea.

—Un poco de respeto, humana. No olvides con quién estás hablando.

Deméter está furiosa. Pero yo estoy harta.

—¿Dónde está mi hija? Quiero irme con ella, aquí no se encuentra a salvo.

La diosa me aparta la mirada y suelta un gran suspiro.

—No quería recurrir a esto, Pandora, pero si deseas a tu hija de vuelta deberás ayudar a...

—¡Serás...!

Me abalanzo sobre ella y la golpeo. Retiene mis brazos, pero noto su sorpresa al enfrentarse a mi fuerza. Mis gritos y el forcejeo me delatan y enseguida oigo a los humanos acercarse.

—Lo siento, Pandora —dice Deméter—. Pero no puedo permitir que una simple humana me falte al respeto de esta forma.

Me sujeta la cabeza, se acerca a mis labios y siento como si absorbiera algo de mi interior. Antes de que pueda decirle nada, la diosa se mezcla con la tierra hasta desaparecer por completo. Estoy sola de nuevo.

—¡Aquí! —grita uno de los humanos.

Pero ya no tengo miedo. Le he arrebatado a Zeus el control sobre mis emociones. Vuelvo a ser la de antes.

39

Deméter me ha quitado su don. En la orilla intento volver tal y como he venido, pero no sucede nada. Los humanos me observan desde una distancia prudencial. De camino hasta aquí me he enfrentado a unos cuantos y no les ha gustado cómo he gestionado la situación. Pyrarcos está frustrado.

—¡Nadie puede huir de una profecía! —grita.

—¡Mi nombre es Pandora, pero si te quedas más tranquilo, también puedes llamarme «Nadie»!

Aunque en cuanto abra la maldita jarra volveré a por mi hija. Que no la quisiera tener no significa que ella sea culpable de su existencia, pobrecita mía. Está anocheciendo, no puedo esperar más. Me meto en el agua. Si no tengo otra opción, nadaré.

—¡No puedes irte! ¡Te ahogarás! —insiste Pyrarcos.

—¡Ese no es tu problema!

—¡Sí! ¡Porque de ti depende nuestra estirpe!

Siento una rabia inmensa por sus palabras. Me vuelvo a él para gritarle, pero no lo veo. Una gigantesca ola, formada a mi paso, se precipita hacia la orilla. Oigo gritos y el impacto. Se forma una espumadera y el agua vuelve al mar, ahora tranquilo. Más de la mitad de los humanos, Pyrarcos incluido, han sido derribados y están tumbados en la arena. Vivos. Recuperando el aliento. Poco a poco se recomponen. Me miran aterrorizados, como si fuera yo la responsable. ¿Lo soy acaso? Quiero irme de aquí. Intento darme la vuelta de nuevo para reanudar mi huida, pero no puedo. Algo me eleva. Bajo la mirada y veo que estoy encima de un animal, en su lomo. Una hermosa crin casi transparente se sacude con el viento. Es un caballo... de agua. Relincha con fuerza y se pone a dos patas. Me precipito de espaldas, aunque logro agarrarme a su hermosa cabellera antes de caer al mar. La criatura vira hacia el horizonte y comienza a cabalgar por encima del agua alejándose de la orilla. No sé quién me está ayudando, debe de tratarse de algún otro dios. Uno que quiere que traicione a Zeus. Podría ser cualquiera. Al fin y al cabo no vi ninguna buena relación entre él y el resto de los olímpicos. Qué más da, desisto de este juego de adivinanzas. El viaje es demasiado bello como para distraerme con esto. Bajo mis piernas siento el movimiento del mar, pero no me hundo. Corremos por encima del agua como si fuera tierra firme. No hay ramas que me arañen ni piedras que hieran mis pies ni nadie que me siga. Solo el cielo estrellado, el mar y yo. El viento me sopla en la cara y me alza el pelo, que vuela con él. El mar se desboca a nuestro paso dejando huella de mi vuelta a casa. Sí, casa. Porque de todos los sitios en los que he estado, en ninguno me he sentido mejor que allí. Pero no me arrepiento de haber emprendido este pequeño viaje. Quizá lo que necesitaba era conocer el horror del exterior para rebajar las expectativas, por muy triste que parezca. Aun así, creo que este trayecto a través del mar ha sido el momento en el que he sentido más libertad. Porque no he tenido miedo, y eso es ser libre. Ojalá hubiera durado más. Llegamos a tierra y el precioso caballo sigue cabalgando a altísima velocidad. Se dirige al monte. Le rodeo el cuello con los brazos y agacho la cabeza, aferrándome al animal con fuerza. La tierra es más hostil que el mar y la caída será más dolorosa. Llegamos al pie del monte. No se detiene. Sigue. El suelo cada vez está más cerca y tengo la sensación de que su cuello empequeñece a medida que avanza. Echo la vista atrás y veo el rastro de agua que va soltando a su paso. Se deshace. Me lleva justo hasta el árbol que en su día fue mi querida hamadríade, el escondite de la jarra. Acaricio lo que queda del corcel de agua en señal de gratitud y sus relinchos se transforman en burbujas, hasta que se desvanece empapando la tierra. Me vuelvo hacia el punto en el que enterré la jarra y... hay un agujero. No puede ser. Yo lo dejé bien cubierto. Excavo con las manos a toda prisa, pero no la encuentro, no está. ¡La jarra no está!

—Libres...

Las voces. Levanto la cabeza intentando localizar de dónde vienen, pero todo está muy oscuro... ya no veo las estrellas. Una gran mancha negra las tapa. ¿Es una nube? Sigo su recorrido hasta llegar a su origen y... no puede ser. Las nubes no provienen de entre los arbustos. Eso es humo. Una enorme columna de humo sale disparada de detrás de unos setos.

—Libres por la criatura equivocada...

Las voces vienen de allí. Corro, pero, antes de llegar, la jarra sale rodando, abierta del todo, sin dejar de echar humo. La sigue alguien. No lo reconozco, la oscuridad de la humareda no me lo permite. Una mano la atraviesa, en busca de la vasija. La recoge y redirige el humo hacia atrás, lo que me permite ver su rostro. Y a él el mío.

—Pandora... has vuelto.

Sus rojizos ojos iluminan el bosque. Es Epimeteo. En la otra mano lleva la tapa. Ha sido él.

—No he podido evitarlo... Vi cómo te ibas sin la jarra y con... no veo a nuestra hija.

El humo no cesa, pero él lo ignora.

—Por fin son nuestros... La promesa de madre se ha cumplido, los humanos son nuestros.

¿«Nuestros»? Me abalanzo encima de mi marido para arrebatarle la jarra. Pero él no se defiende, me la entrega.

—Creo que no la debería haber abierto... ¡Joder! ¡La escondiste fatal! ¡Te vi hacerlo! ¡¿Cómo pudiste ser tan ingenua?! —me grita.

Pero ¿cómo se atreve? ¡Me está culpando a mí de sus propias decisiones! Lo despojo también de la tapa y la cierro interrumpiendo la humareda de golpe.

—Espera...

Esa voz ha sonado distinta, venía del interior, pero la ignoro. Un trueno retumba en el cielo y lo sigue un graznido.

—Mierda... no, no, no... Mmm... ¿Qué le digo? Se va a enfadar... —murmura dando vueltas sobre sí mismo. Me mira y se detiene—. Has sido tú. La has abierto tú.

¿Qué acaba de decir?

—Le contaré que la has abierto tú. Eres mía. Formas parte de mí. Si yo hago algo también lo haces tú, así que... no estoy mintiendo. Sí. Eso es.

No. No estoy de acuerdo. No es cierto. No he sido yo.

—¡Aquí! —exclama sacudiendo las manos hacia el cielo.

Zeus, en la forma del águila que aquel primer día me trajo aquí, desciende y, antes de tocar el suelo, ya se muestra en su verdadera forma. Epimeteo me señala. Yo estoy petrificada. Intento expresarme, pero ya no son solo las palabras sino todo el cuerpo lo que me imposibilita comunicarme. ¿Es él? ¿Sigue controlándome? ¿O estoy asustada de verdad? Yo quería abrir la jarra, pero no lo he hecho y no quiero que me responsabilicen por ello.

—Sabía que no ibas a poder resistir la tentación de averiguar lo que había dentro, mujer —dice Zeus.

—Perdóname, Zeus. No he llegado a tiempo. He visto el humo y he venido a toda prisa...

Será mentiroso.

—Así es como tenía que ser. —Dirige los ojos al cielo observando cómo la humareda se esparce hacia todas direcciones—. Y yo he cumplido mi palabra.

¿Qué acaba de decir? ¿Quería que la abriera? La jarra se sacude sola. Zeus se me planta delante, sobresaltado, y me la quita de las manos. La agita.

—No puede ser... Las he visto salir a todas: Hambruna, Miseria, Guerra, Envidia, Enfermedades... ¿Quién falta? —pregunta alzando la mirada al cielo.

—Toda madre tiene una hija favorita... —dice una voz proveniente de todo el cielo—. Incluso hay veces que ni siquiera es suya, pero la adopta como si lo fuera.

Epimeteo se agacha como si en cualquier momento esas palabras pudieran herirle.

—¿De qué estás hablando, Nix?

¿Quién es Nix? Zeus está... ¿asustado? La vasija se escapa de sus manos y vuelve a mí.

—Pandora, querida.

Me está hablando. ¿Qué hago? ¿Me agacho también?

—En tus manos tienes a la última de las criaturas. La más peligrosa, pero también necesaria para sobrellevar a las otras, Elpis, la esperanza. Sin ella, la humanidad... y tu hija no tendrán fuerzas ni ganas para vivir. Su grandeza es infinita y su velocidad, lenta. No será suficiente con dejarla salir, deberás repartirla por todos los lugares del mundo y asegurarte de que ningún humano se queda sin ella. Yo, Nix, te concedo el cielo nocturno para que lo surques todas las noches y abastezcas a estos humanos y a los que vendrán de la esperanza necesaria para que se levanten al día siguiente con la fuerza suficiente para vivir un día más, confiando en que el resto de mis hijas desaparezcan. No lo harán, pero ellos deben creer que sí. Y tú serás la encargada de ello. Ese es mi regalo. Ábrela.

Obedezco sin pensar. En su interior veo a esta última criatura. Es pequeña, tiene toda la vida por delante, pero también es anciana y débil, como si fuera a dejar de respirar en cualquier momento. De su ambiguo cuerpo emerge un humo gris con destellos de colores, como los cabellos de los olímpicos, que alternan con la oscuridad del humo del resto. Su poder es inmenso. Con solo mirarla ya lo percibo. Hace unos segundos me sentía engañada, manipulada, traicionada... Ahora, en cambio, tengo la sensación de que todo se solucionará. Que algún día podré decirle a Zeus que no fui yo quien la abrió. Que Epimeteo me pedirá perdón por todo el daño que me ha hecho. Que los hombres de todas las estirpes respetarán a las mujeres y verán más allá de nuestras capacidades reproductivas. Que mi hija no sufrirá ninguno de los males de esta vasija y que yo seré libre y podré decidir el curso de mi vida. Sí. Así será. Estoy convencida. Solo tengo que esperar.

DIKÉ

40

Antes del fuego, los humanos eran bebés. No sabían hacer nada solos, tenías que estar encima de ellos todo el rato para que no se mataran sin querer. Eran pura inocencia. Con el fuego entraron en su fase de pubertad. Ese momento en el que desarrollas ciertas habilidades que te hacen sentir poderoso y pensar que lo sabes todo, pero realmente no sabes una mierda. Y cuando Pandora... bueno, Epimeteo, abrió la jarra, iniciaron su etapa de madurez. En pocas palabras, se dieron cuenta de que los problemas de antes eran estupideces en comparación con los de ahora.

A mí me pasó algo parecido. De hecho, siento que crecí con ellos. Cuando mi padre, Zeus, me hizo llamar, yo estaba deprimida porque no sabía qué hacer con mi vida. Mi madre es Temis, una titánide importantísima, quizá la única de su estirpe con el poder suficiente para entrometerse en los conflictos de los dioses. Se encarga de la justicia divina. Está para poner orden en las disputas de las deidades. Yo ya sabía que con una madre así, cualquier cosa que hiciera nunca iba a ser suficiente. Hasta que llegó el día en el que creí que eso iba a cambiar.

—Has nacido para esto, hija. Ninguno lo sabíamos, pero ahora es más evidente que nunca —decía Zeus.

Yo estaba descolocada. No entendía lo que eran los humanos.

—Son como... ¿Te acuerdas de aquella vez, cuando eras pequeña, que te regalé una muñeca de madera clavadita a ti, para que jugaras con ella?

Nunca. Jamás. Me regaló nada.

—Claro que me acuerdo.

Pero no iba a ser yo la que se lo dijera.

—Pues estos seres son lo mismo, pero ¡se mueven solos! ¡Ha, ha, ha! Son súper inofensivos, no correrás peligro alguno. Además, son muy vulnerables, no tienen ni pizca de maldad, y tú solo tendrás que poner orden entre ellos. Como tu madre con nosotros.

Acepté, y en ese momento me convertí en la titánide de la justicia humana.

—Aunque debes saber que Prometeo también anda por allí... Le dije que les diera forma y se ha encariñado con ellos.

—¿Él sabe que voy?

—Claro, hija, tú no te preocupes.

Mentira. No tenía ni idea. Mi primo y yo nunca nos habíamos llevado bien. Mi madre me decía que estaba celoso porque ella y yo éramos la única madre e hija de la estirpe perdedora que habíamos podido sobrevivir a la Titanomaquia juntas, mientras que él perdió a su padre en la guerra y... bueno, a su madre ya la había perdido de antes. Cuando me vio llegar a la isla de los humanos, enloqueció.

—¡No puedes estar aquí!

—Me envía mi padre.

La tranquilidad con la que le respondí lo enervó aún más, pero se contuvo. Hay que ser muy inconsciente para hablarle así a una hija de Zeus, y más aún cuando su presencia es por voluntad de este. Ese mismo día conocí a todos los hombres. Eran maravillosos. Monísimos. Cachorros inocentes que no sabían ni por dónde les daba el viento. Tabulas rasas. Lo tenía mucho mejor que mi madre, ella debía gestionar las disputas de deidades que ya tenían sus experiencias y personalidades. Yo no. Si Prometeo les había dado la forma externa yo les iba a dar la interna. Podía moldearlos desde un comienzo para evitar futuros problemas. Mi madre iba a estar orgullosísima de mí. Pequeño problema: a Prometeo no le parecía bien. Él quería que fueran como los dioses, decía que era el objetivo de cualquiera con una pizca de ambición, algo que los humanos no tenían de eso, ni falta que les hacía. Eran felices en su inconsciencia y podían haberlo sido para siempre. Pero Prometeo les comenzó a lavar la cabeza y a manipularlos para que hicieran cosas como matar a animales. Según él, lo hicieron por su cuenta, aunque yo escuché cómo se lo decía y, además, ¿para qué iban a cazar un animal si no podían ni comérselo? Aún no tenían el fuego ni lo iban a tener nunca, al menos el elemento natural. Zeus lo escondió. Solo dejó el aire, la tierra y el agua, ya que con el fuego los humanos podrían aprender a construir y a evolucionar. Y en mi opinión, hizo lo correcto. Él no quería que se creyeran dioses y yo no quería que quisieran serlo. Pero nadie se pensaba que Prometeo se atrevería a subir hasta el Olimpo y robar el fuego divino, infinitamente más poderoso que el natural. En cuanto el titán se lo entregó, los perdí. Fue instantáneo.

—Madre, he fracasado.

Hui hasta Delfos, un lugar arenoso, lleno de arbustos, muy cerca del mar. Allí estaba asentada mi madre, concretamente al borde de un acantilado. Fui hasta ella en busca de empatía. Error: cuando eres mayor, si le cuentas un problema a tu madre, este se multiplica.

—Te lo dije.

—Madre, por favor, no necesito que me alecciones, necesito un abrazo.

—Los abrazos no son necesarios cuando una se toma en serio las advertencias, Diké.

Y por advertencias se refiere a profecías. Mi madre estaba desarrollando un poder premonitorio. Nadie lo sabía, solo Zeus, que le permitió establecerse en Delfos. El lugar en el que cayó la piedra que la madre de los olímpicos le dio a Cronos para salvar a su hijo Zeus de ser engullido por él, tal y como le había pasado a sus hermanos y hermanas. Y cuando mi padre los liberó del estómago de Cronos, la piedra salió disparada y aterrizó allí convirtiéndose en el ónfalo, el ombligo del mundo. Por lo tanto era un lugar sagrado, perfecto para establecer un oráculo. Y eso es lo que estaba tratando de hacer mi madre. Debió de cansarse de impartir justicia entre deidades. No la culpo. Yo hice un último intento de hacer retroceder a mis queridos humanos cuando hablé con mi padre.

—Diké, querida, que sepas que, aunque no hayas evitado la traición de Prometeo, no me arrepiento de haberte enviado con él —me dijo.

Y eso reavivó mis ganas de reintentarlo. Pero mis ánimos bajaron a la misma velocidad en cuanto puse un pie de nuevo en su isla.

—No eres bienvenida.

—Rama..., soy yo.

—No me llames así. Ya no soy esa estúpida versión. Mi nombre es Pyrarcos —dijo ofendido.

—Nunca has sido estúpido. No es justo que sientas este odio y menosprecio hacia tu yo anterior. Eras bueno.

—Prefiero el mal por conocimiento que la bondad por ignorancia.

Y ya no supe qué más decir.

—¿Necesitas algo más? ¿O puedo seguir educando a mis hijos? —preguntó Prometeo.

Y me fui. Lo irónico es que él siempre pensó que yo estaba allí para espiarlo y chivarme a mi padre, cuando lo único que me importaba era el bienestar de los humanos. Pero, a partir de entonces, sí que me convertí en la husmeadora que él creía que era.

—Busca un buen sitio y procura disfrutar de lo que vean tus ojos, pues por mucho que intervengas nunca lograrás cambiar el curso de la historia.

Esto es lo que decía mi madre siempre que le contaba cuál iba a ser mi siguiente objetivo. Una inmortal necesita propósitos para sobrellevar la eternidad, pero al final la creí y opté por convertirme en una mera espectadora. E hice de eso mi personalidad. Aunque hubo muchas veces en las que tuve que contenerme para no intervenir. Pero entonces recordaba lo que solía añadir por lo bajini:

—Puede que incluso lo empeores.

Y por eso mismo tuve que ver cómo los olímpicos hacían con Pandora lo que les daba la gana sin poder hacer nada al respecto.

41

He perdido la cuenta de los días y las noches que llevo aquí. Alejada de todo y de todos. Pero ha sido suficiente como para no sentirme mal por no haber intervenido. O por lo menos no me siento mal ahora, porque cuando se produjo el juego de los dioses con Pandora tuve tantos remordimientos que estuve a punto de meterme de por medio. De ser así, en teoría, lo habría empeorado... No sé cómo, pero, bueno. El reparto de dones me hizo ver la monstruosidad que había detrás de los olímpicos y fue una auténtica advertencia de lo que podían llegar a ser los humanos, ahora que Prometeo había desatado la ira de Zeus. El dios de la guerra, Ares, decidió trasladarle su impulsividad, su violencia. Esa facilidad por perder el control de uno mismo. Atenea, su sabiduría. Conocimientos que estoy convencida de que no hicieron más que confundir a la pobre Pandora, porque no sabía de dónde venían. Hefesto la hizo manitas, apañada y creativa. Deméter ya se lo dijo. Afrodita le dio el talento para enamorar, pero ni una pizca de belleza extra, pues aunque quisiera que se pareciera a ella no iba a permitir que fuera igual o más hermosa. Hestia, el amor por el hogar. Por eso no aguantó ni dos noches lejos del sitio en el que había pasado la mayor parte de su vida y, por qué no decirlo, donde había crecido. La diosa Hera..., más que darle, le quitó. La voz, concretamente, pero no toda. Fue concisa. Le arrebató la habilidad de hablar cuando hubiera hombres delante. ¿Por celos? Bueno. Yo creo que la esposa de mi padre temía que alguien le diera una voz bonita y llegara a cautivarlo. Al final le cedió unas pocas palabras para humillar a los humanos justo antes de marcharse. Pero ¿qué hay de Poseidón y Zeus? ¿Qué dones le otorgaron los hermanos más poderosos? Ninguno. Zeus no quería darle tanto poder, creía que era peligroso. Y Poseidón se negó.

—Ya te he dicho que no pienso participar en esta gilipollez. Un titán roba nuestro fuego, se lo da a estos humanos inútiles y tú, en vez de reventarlos, creas a esta pedazo de mujer. ¿Qué sentido tiene esto? ¡Idos a la mierda todos! ¡Yo solo le daré un poder si me la puedo follar!

Como era de esperar, mi padre no le dejó y Poseidón no le dio nada. Hasta que tuvo la oportunidad de ganar algo más que su cuerpo.

—¿Por qué iba yo a ayudarla a salir de esa isla? —preguntó el dios del mar con un tono despectivo.

—Es una orden —respondió Zeus, tajante.

Poseidón se rio y clavó su tridente en el mármol olímpico.

—Ahora tu trono no sirve, hermano. Me necesitas. No nos dijiste qué fue eso que apareció en mitad de la noche y quedó guardado en esa misteriosa jarra, pero si es tan importante como parece y de mí depende que Pandora la abra..., exijo un premio que esté al mismo nivel.

Mi padre lo escuchaba inmóvil. Escondiendo toda la ira y la vergüenza que debía sentir en ese momento.

—¿Qué quieres?

El dios del mar sonrió con prepotencia.

—A tu queridísimo hijo Ares, en uno de sus momentos de «fanfarrón», se le escapó que los humanos iban a adorarlo a él como dios de la guerra y a su amante como diosa del amor...

—No es su amante.

—Lo que tú digas. Pero si quieres mi ayuda con esto, yo voy a ser el dios del mar de los humanos. Cuando quieran entrar en mi reino, porque querrán hacerlo, deberán alabarme y hacer ofrendas en mis templos. Deben construirme templos. De lo contrario, o si me faltan al respeto, tendré todo el derecho a convertirlos en comida para mis peces.

¿Qué alternativa tenía mi padre? Pandora estaba decidida a abrir la jarra y si era un águila la que la ayudaba a cruzar el mar, tendría sospechas de si Zeus quería o no quería que la abriera. Así que aceptó y Poseidón le mandó un hermoso caballo de agua que emergió del mar y la llevó hasta el monte. El resto es historia. En cuanto las hijas de la noche fueron liberadas, el pequeño dios del amor, por orden de Zeus, anuló el hechizo de amor vegetal de Prometeo. Mi padre quería que el titán fuera consciente de lo que había provocado robando el fuego de los dioses. Y madre mía si lo fue. La noche en la que la jarra se abrió, Piedra asesinó a Pyrarcos, Rama, mientras dormía. Entró en sus aposentos con una roca afilada que usaban para despedazar a los animales y le golpeó el cuello hasta separarle la cabeza del resto del cuerpo. No hice nada. Cuando lo vi aparecer con esa roca en la mano no pensé que fuera a hacer eso y cuando le atacó ya era demasiado tarde. Murió con el primer impacto. Piedra, sin siquiera limpiarse la sangre de su hermano, se apropió de la corona de hinojo, lanzó al exterior la cabeza de Rama y los despertó a todos anunciando su muerte. Para entonces, su autodenominado padre ya había llegado.

—¿Qué... habéis... hecho...?

Estaba consternado. Los hombres lo miraron sorprendidos, pero solo unos pocos se alegraron de su vuelta.

—¡¿Por qué celebráis el retorno del que nos abandonó?! —gritó Piedra—. ¡Nos dejó en manos de un inútil, pero ahora ya no lo necesitamos! ¡Ahora Pyrarcos soy yo! ¡Pero no voy a ser como él, no os someteré a mi voluntad! ¡No obedeceremos a uno, sino a todos! ¡Esta corona que llevo en mi cabeza ya no es solo mía! ¡Es nuestra!

Se quitó la planta, la despedazó y la lanzó hacia el resto de los hombres, que lo aclamaban eufóricos e intentaban recoger algunos pedazos. Prometeo seguía en shock. Se acercó hacia la cabeza sin vida del antiguo líder y lloró.

—Te lo dije —murmuré yo desde la distancia.

Sentí pena, pero no por él, sino por los humanos. Podían haber sido criaturas maravillosas y se acababan de convertir en una burda imitación de los dioses. Acabábamos de presenciar una Titanomaquia humana. En ese momento, Clímene, desde la distancia, llamó la atención de su hijo y este corrió a sus brazos, pero se dio cuenta de que estaban ocupados por un niño y una niña. Su hijo, Deucalión, y su sobrina, Pirra.

—¿Quién es Pandora? —preguntó el titán después de que Clímene lo pusiera en antecedentes.

—La culpable de todo esto. Le pedimos ayuda para despertarte de tu hechizo, pero se negó y se fue dejando a su hija aquí.

Eso no es del todo cierto, pero Clímene no lo sabía y la odiaba por no haber hecho exactamente lo que ella y Deméter le pidieron. Lo más curioso es que ambas la responsabilizaban de la decadencia humana por no haberlas ayudado, pero no por lo de la jarra, ya que en aquel momento aún no sabían de su existencia. Deméter fue la única olímpica, junto con Hestia, que no vio la vasija la noche en la que Nix encerró allí a sus hijas. Así que tampoco estaba al caso de lo que Pandora tenía en su poder.

—Mira que lo avisé... ¡Joder! ¡Maldito Epimeteo! Le dije que no aceptara nada del Olimpo, madre.

—Ya conoces a tu hermano... Hiciste lo que pudiste, la culpa no es suya, es de Pandora, que lo manipuló.

Creo que aunque supiera la verdad habría dicho lo mismo.

—Tengo un presentimiento extraño hacia su hija... —dijo Prometeo refiriéndose a Pirra—. Y hacia el nuestro también.

—¿Por qué nunca puedes tener una premonición clara y concisa?

—Serán vitales para los humanos, pero... no son mis hijos de barro los que veo en el futuro. Son otros.

—¿Hay más?

Prometeo niega con la cabeza.

—Hay diferentes. Y hay mujeres. Es como si Deucalión y Pirra fueran a convertirse en sus...

No pudo acabar la frase. Unas gigantescas garras lo prendieron por los hombros y se lo llevaron volando. Clímene se quedó sola con las criaturas, de nuevo. Y en ese momento miró al cielo estrellado, vio la figura de una mujer sobrevolándola e hicieron contacto visual. De pronto, la madre de los titanes sintió un chute de optimismo y se juró que, aunque estuviera sola, iba a tirar adelante.

42

Nunca había visto a mi padre tan feliz. Ni siquiera cuando derrotó a Cronos y al resto de los titanes y se hizo con el poder del mundo. Y es que a veces la traición de un amigo es más dolorosa que la de un padre. Tuvo que decidir si convertirse en águila y llevárselo o darse el gusto de mandar a una y verlo llegar aterrorizado. Y es que mi padre hacía eso. Tanto podía usar a estas aves como si fueran una extensión de sí mismo como transformarse en una de ellas.

Lo esperaba allí sonriente. Victorioso. Ansioso por llevar a cabo su venganza. El titán aterrizó a los pies de mi padre.

—Me alegra verte, amigo.

Prometeo ni se atrevió a incorporarse. Temblaba como las hojas de un árbol en medio de una tormenta. Pero tenía al dios de todos los temporales enfrente de sus narices.

—Desde que creé a los humanos que no vienes a visitarme. ¿No me has echado de menos?

El titán estuvo a punto de corregirle la autoría de los humanos, pero rápidamente supo que no estaba en posición de hacerlo.

—¡Contesta a la pregunta!

Mi padre gritó tan fuerte que Prometeo se levantó de un brinco.

—Ze-Zeus... Yo... —Hizo una pausa para coger aire—. Creí que... No quería que...

—Estaría bien que acabaras alguna frase.

Prometeo carraspeó, cogió aire y lo miró a los ojos.

—Hice lo que tenía que hacer.

Recuerdo este momento como si fuera ayer. Yo lo veía todo desde aquí, pero pude sentir cómo la ira de mi padre comenzaba a expandirse por todo su cuerpo. Nubarrones del tamaño de montañas se formaron en el cielo y el sonido de los truenos hizo temblar la tierra. En el monte Olimpo se juntaron todos, Deméter y Hestia también, incluso Hades quiso salir a la superficie para ver cómo su hermano se cobraba la venganza que tanto deseaba.

—El lío del fuego lo he entendido. Pero todo esto de la mujer que ha abierto una caja me está costando un poco pillarlo... —dijo el dios del inframundo.

—No es una caja, es una jarra —le corrigió Poseidón con desprecio.

—Técnicamente no es una caja, ni concretamente una jarra, es un ánfora, ¿vale? Vamos a dejar ya la cosa clara. No os he corregido antes, lo confieso humildemente, porque pensé que era un lapsus..., pero ya es recurrente.

Hefesto intervino sorprendentemente molesto y los dejó a todos en silencio. Aunque el dios del mar hizo una mueca burlona y dirigió de nuevo la mirada hacia su hermano y Prometeo.

—O sea que no me lo vais a contar, ¿no? —insistió Hades.

Los demás lo ignoraron por completo, como si no estuviera allí.

—Bueno, pues que os jodan a todos. Si es que por esto mismo no subo nunca.

Y se fue. Mejor para mí, porque no podían pasar dos cosas interesantes en dos sitios distintos al mismo tiempo.

—No voy a matarte, Prometeo. No seré tan benévolo —decía Zeus mientras caminaba hacia él obligándolo a retroceder—. Las hijas de la noche, al igual que el fuego que nos robaste, se han apoderado del reino de los hombres y no se irán nunca. Y tú serás testigo del sufrimiento eterno que has provocado en ellos.

El titán se detuvo al chocar de espaldas con una gran roca. Zeus chasqueó los dedos y emergieron unas cadenas que se aferraron a todas sus extremidades inmovilizándolo por completo.

—Desde aquí verás su fin, su renacer y la peor versión de esas criaturas que tanto amas.

Mi padre hizo ademán de irse, pero Prometeo tenía algo que añadir:

—También veré cómo os destruyen.

Zeus se detuvo y se volvió hacia él, furioso.

—¿Qué acabas de decir?

—Os mezclaréis con los humanos para sentiros queridos. Tendréis descendencia. Incluso llegará el día en el que luchéis junto a ellos y cuando eso suceda será vuestro fin. Ya no habrá diferencias entre los humanos y los dioses. Dejarán de creer en vosotros porque tendrán suficiente con creer en ellos mismos. Así será vuestra caída y yo estaré aquí, siendo testigo de ello. Y lo celebraré.

Por todos los dioses, titanes, ninfas, humanos y todas las estirpes. Nunca me cayó bien mi primo, pero cada vez que recuerdo lo que le dijo a mi padre no puedo más que reconocer su valentía... o su insensatez. Porque desde luego que hay que estar muy mal de la cabeza para decirle eso. Aunque cabe destacar que Prometeo nunca profetizaba en vano. Y quizá fue eso lo que más encolerizó a mi padre.

—Entiendo —dijo Zeus fingiendo interés por sus palabras—. ¿Y cuándo sucederá esto? ¿Mañana? ¿Pasado mañana?

El titán lo pensó bien antes de responder. Pareció no entender la pregunta.

—No sucederá pronto..., pero ten por seguro que sucederá —insistió.

—Bueno, en ese caso... —Zeus silbó y la misma águila que lo había llevado hasta aquí, apareció en el cielo—. Me sabría muy mal que tuvieras que esperar solo.

El animal aterrizó enfrente de Prometeo y mi padre le hizo un gesto con la cabeza que pareció entender de inmediato. El águila perforó el vientre del titán de un picotazo, le sacó los intestinos y empezó a devorarlos lentamente. Mi primo se deshizo en un grito terrorífico que no cesó hasta la noche, cuando el ave se fue. Zeus estuvo presente todo el rato, disfrutando cada segundo de su sufrimiento.

—No... no conseguirás... que me arrepienta...

Mi padre soltó una carcajada.

—A un humano no podría hacerle esto, ¿sabes? Hubiese muerto a los pocos minutos... ¡Pero eso es lo bueno de ser inmortal! ¡Que nuestros cuerpos se regeneran! ¿No es genial? —exclamó Zeus sospechosamente alegre—. Para cuando Helios reinicie su travesía rutinaria, tu vientre estará como nuevo. Será el momento perfecto para que la preciosa águila te lo reviente y se coma tus tripas otra vez, hasta que llegue la noche. Y así será mientras los dioses nos mantengamos en pie. ¿Qué te parece, amigo? Tendrás compañía con la que poder hablar todo lo que quieras... Bueno, ella estará con la boca llena, pero ¿a quién no le gusta que le escuchen?

Prometeo no dijo nada más. Al poco rato se desmayó y mi padre se fue riendo a carcajadas. Aún hoy sigo conmocionada por la crueldad de ese castigo. Estuvo muchos días en los que sus gritos eran el sonido ambiente de toda la tierra, pero llegó a un punto en el que, quizá, el sufrimiento se convirtió en parte de él y su cuerpo lo aceptó o aprendió a distraerse observando a los humanos. Pero aún había algo que podía hacer que reanudara sus alaridos, y no iba a ser un dolor físico.

43

Cuando Epimeteo recuperó la memoria por enésima vez, anclando de manera definitiva sus recuerdos con Pandora, inició la búsqueda de su hija. Y la encontró en la isla de los humanos con su madre Clímene y su sobrino Deucalión, cuya existencia desconocía. Los humanos ya no vivían allí, se habían mudado a otra tierra en busca de «nuevas oportunidades», como decía el nuevo Pyrarcos, que, para sorpresa de nadie, acabó siendo peor que su antecesor, más autoritario, aunque pretendiera disfrazarlo de otra cosa. Los únicos que quedaron allí eran cadáveres de los que aún guardaban cierta bondad en su interior y no estaban de acuerdo con las nuevas imposiciones de su no-líder. Fueron asesinados con el pretexto de que pretendían derrocarlo. Era mentira.

—¿Por qué no se mueven?

La pequeña Pirra observaba cómo su padre y su abuela... o tía... o ambas cosas, colocaban a los difuntos uno al lado del otro.

—Porque ya no están —respondió Deucalión.

—¡Sí que están! Los estoy viendo.

—Tu primo se refiere a que están muertos —dijo Epimeteo.

—¿Y eso qué significa?

—Que sus almas han salido de sus cuerpos y han descendido al inframundo. Con el dios Hades.

—¿Y para qué las quiere?

—Joder, cuántas preguntas, hija...

—No es que las quiera, cariño —intervino Clímene dándole un codazo a Epimeteo—. El reino de Hades es el lugar al que van las almas mientras sus cuerpos se quedan aquí. Y ahora los enterraremos porque de tierra están hechos y a la tierra deben volver.

—¡Ooooh! —exclamó Pirra impresionada.

—¿Y qué hacen sus almas allí abajo? —preguntó Deucalión.

—¿Jugar?

Qué tiernos eran... Cómo echo de menos presenciar estos momentos.

—Seguro que muchas de ellas sí, Pirra.

—Las que estén en el Tártaro, no creo... —murmuró Epimeteo.

Clímene le lanzó un chorro de agua en la cara, pero este no llegó a tiempo.

—¿Qué es el Tártaro? —preguntaron al unísono.

Qué difícil responder a esto, pensé. Y más nosotros,

los titanes, que tenemos a la mayoría de nuestros familiares allí dentro. ¿Cómo se lo explicas a una niña y un niño tan pequeños? A Clímene no le quedó otra.

—Al igual que hay lugares en el mundo que no son agradables, también los hay en el inframundo... aunque la parte positiva es que allí abajo solo hay este.

—De momento me gusta más el inframundo, entonces... —la interrumpió Pirra.

—¿Por qué? ¿Quieres morir?

—¡Claro que no, Deucalión! Pero si allí abajo solo hay un lugar feo y todos saben dónde está... ¡Pues entonces no vas! Es más fácil que aquí, que hay muchos y nunca sabes cuáles son hasta que llegas.

Clímene sonrió con ternura.

—Tienes razón, preciosa. Lo mejor es no ir.

—Ojalá pudieras escogerlo...

—¡Epimeteo! —le gritó su madre.

—¿Qué pasa? ¿Qué he dicho?

Clímene lo agarró por la oreja y lo alejó unos metros de los críos.

—Pero ¿tú eres imbécil? ¿Cómo les hablas del Tártaro? Que no tienen ni diez años.

—¿Y a mí qué? Eso es problema de sus padres. ¿Dónde están?

Por un momento, a la oceánide se le había olvidado que la memoria de su hijo podía desconectar por completo del presente y viajar al pasado para quedarse allí un tiempo. Quizá esto tuviera que ver con que los abandonó a ambos nada más comenzar la guerra. No sé... suposiciones. Yo nunca tendré hijos precisamente por eso, porque no conozco a ningún padre que se haya encargado de sus hijos ni a una madre que no les haya hecho daño, y si eso es algo inevitable, es un precio que no estoy dispuesta a pagar.

—¿No eres mi pa...?

Clímene interrumpió a la pequeña Pirra con un abrazo.

—¿Por qué no vais a recoger frutas mientras tu padre y yo acabamos de enterrar a estos hombres?

—¡El que llegue primero al árbol puede comerse una! —gritó Deucalión echando a correr.

—¡Eh! ¡No vale! ¡Has salido antes! —protestó Pirra yendo tras él.

—Debes irte, hijo. —Clímene hablaba muy en serio.

—¿A dónde? —preguntó Epimeteo confuso.

—Esa preciosidad de cabello anaranjado es tu hija.

—¿Soy padre? —preguntó emocionado—. ¿Con Pandora?

Hizo ademán de ir tras Pirra, pero la oceánide se interpuso en su camino.

—Eres su padre. Pero tienes que serlo todo el rato, todos los días y todas las noches, en cualquier lugar. Sé que no es culpa tuya que pierdas la memoria, pero tampoco es suya. Vete y vuelve cuando haya pasado el tiempo suficiente para no olvidar que tienes una hija maravillosa. Mientras tanto yo seré su madre, su padre y su abuela.

A Epimeteo le costó mucho digerir esta noticia. Para él fue como si acabara de tener una hija y se la arrebataran al instante. Aunque a los pocos días de irse se le olvidó de nuevo y siguió con su vida de siempre. Pero Pirra no. La pequeña hija de Pandora no entendió por qué su padre había desaparecido de pronto. Tampoco se le dio ninguna explicación lo suficientemente convincente.

—Seguro que tu padre te observa desde lejos, Pirra. El mío lo hace.

Ella suspiró.

—Yo quiero que esté cerca.

—Ya... yo también.

—Pero tú al menos tienes a tu madre, yo ni eso. ¡No es justo!

Pirra se echó a llorar y su primo le ofreció el hombro. Más monos...

—Pero nos tienes a nosotros —dijo acariciándole la cabeza.

—Tengo miedo de que me pase como a los humanos.

—¿Por qué?

—Su padre también los abandonó y tampoco tenían madre.

—Tú sí que tienes madre. Te protege desde el cielo. Clímene nos lo ha explicado muchas veces.

—No me protege a mí. Nos protege a todos. Yo quiero una madre para mí. Como tienes tú. —Sollozó de nuevo.

Clímene oyó el final de la conversación y decidió intervenir. Menos mal porque estaba a punto de hacerlo yo.

—¿Qué os parece si soy la madre de los dos? ¿Como si fuerais hermano y hermana?

Ambos se miraron sorprendidos.

—Una madre no es solo quien te lleva en el vientre, sino también quien te cría. Y yo os he tenido a los dos en mis brazos desde que nacisteis. Os quiero por igual. Y tú, Pirra, puedes quererme como a una madre, si te parece bien. Además... siempre he querido tener una hija.

Deucalión asintió con fuerza para animar a su prima a que aceptara.

—Gracias...

Y los tres se abrazaron entre lágrimas de felicidad.

Tengo que reconocer que en ese momento me invadió un poco la envidia por no poder sentir ese amor. Esa estima de una personita que has cuidado desde su nacimiento. No comprendo cómo mi madre pudo estropear eso. Solo tenía que quererme, pero decidió amargarme. A raíz de presenciar este momento tan tierno, cometí el gravísimo error de volver a Delfos a visitarla. No fui con un objetivo claro, supongo que solo quería alguna respuesta de por qué me odiaba, o echárselo en cara ni que sea. Pero debí haberle hecho caso y seguir alejada, en mi escondite, mi lugar seguro. Hice un daño innecesario, pero esta vez, a mí misma.

44

Mi madre nunca me había mirado del mismo modo que a esas dos mujeres que estaban sentadas con ella al borde del precipicio. Era como si las quisiera, como si estuviera orgullosa de ellas... ¿Por qué?, me preguntaba. Estaba segura de que no habían hecho nada destacable, más que nada porque no sabía quiénes eran. Y entonces me di cuenta de que Delfos era de los pocos lugares que no podía ver desde mi escondite, el mismo que, por cierto, me había recomendado mi madre. Ella era la primera interesada en que estuviera allí y tenía toda la pinta de que era por estas dos. Salí de entre los arbustos en los que estaba escondida y caminé hacia ellas. Se parecían, tenían el pelo castaño y los ojos azul claro... como los míos. Aunque yo soy pelirroja, como la pequeña Pirra.

—¿Qué haces aquí? —preguntó mi madre levantándose de un brinco.

—¿Es que no puedo venir a visitarte?

—¿Qué quieres?

Las otras dos me miraron con tal desdén que pareció que lo hubieran aprendido directamente de mi madre.

—¿Quiénes son?

Mi madre resopló y se quitó del medio para dejarme cara a cara con ellas.

—Ni siquiera yo puedo evitar las profecías —murmuró para sí—. Diké, ellas son Eirene y Eunomía, tus hermanas.

—¡¿QUÉ?! —grité.

Ellas no. Ya lo sabían.

—Sigo sin estar segura, madre —dijo una de ellas.

—Yo igual. Con ese pelo anaranjado parece más una hija de Helios que de Zeus —añadió la otra.

Se rieron. Cada carcajada era como si me dieran una bofetada. No sabía cómo contraatacar. Miré a mi madre en busca de ayuda, pero ella estaba impasible, observándonos como si la cosa no fuera con ella.

—Mi padre no tiene el pelo negro como el vuestro. Además, me confió a los humanos...

—Y así te ha ido —me interrumpió una.

Se rieron, otra vez. Miré de nuevo a mi madre, pero seguía igual. Incluso parecía gustarle esta situación. Yo estaba al borde del llanto y no había nadie que sintiera la más mínima compasión por mí. ¿Es esto normal? ¿Sucede en todas las familias?

—¡Al menos mi padre me dio algo que hacer!

—Y te estaremos eternamente agradecidas...

—Bueno, ya está —las interrumpió mi madre.

—No, no, «ya está» no. ¿A qué te refieres? —dije.

Mis hermanas se rieron.

—Diké, vete.

—¡NO QUIERO IRME! —le grité.

Mi madre retrocedió. No esperaba mi reacción, pero yo ya estaba hasta el coño de cómo me trataba y de la incertidumbre por no saber el porqué de este desprecio. Lo que me faltaba era descubrir que tenía dos hermanas a las que, claramente, ella apreciaba más.

—Diké...

—No me voy a ir hasta que me expliquen qué han querido decir con eso.

Mi madre asintió con una mezcla de resignación y rencor por haberle plantado cara por primera vez en la vida.

—Madre dijo que padre se equivocó contigo y que nosotras nos encargaríamos de los nuevos humanos —respondió Eunomía con soberbia—. Yo seré la responsable de poner leyes justas y Eirene de traer estabilidad y paz.

—Lo que tenías que haber hecho tú, vaya... —murmuró Eirene.

—¿Nuevos humanos? —pregunté.

—No se entera de nada... —dijo Eunomía entre risas.

—Pero... ¿qué sabréis vosotras de justicia y paz si no habéis dejado de humillarme desde que he llegado? —les recriminé.

—Pues por eso mismo.

—¿Quién mejor que nosotras para detectar en los humanos lo que conocemos a la perfección?

Me duele reconocer que con eso me dejaron sin palabras. No porque fuera algo sensato, que no lo era, sino porque así lo creían ellas. Era terrorífico. ¿Quién aseguraba que fueran a castigar esas actitudes que conocían tan bien? Quizá podían llegar a disfrutar de ellas o incluso participar. Los humanos acababan de ser invadidos por las hijas de Nix y ya habían empezado a matarse entre ellos. Todo apuntaba a que sus actitudes no iban más que a empeorar. No podía permitir que eso ocurriera.

—Madre... —La agarré del brazo—. Por favor, deja que me encargue de ellos otra vez. No puede ser que estés de acuerdo con que sean ellas las que me sustituyan.

Pareció que fuera a decir algo, pero mis hermanas se adelantaron.

—¿La has oído? ¡Sustitutas! ¡Ha, ha, ha! —exclamó Eunomía.

—Ay, si ella supiera...

—¿Si supiera el qué?

—Deja de preguntar lo que no quieres saber —me advirtió mi madre.

—Quiero saberlo.

—Te arrepentirás. Lo sé.

—¡No eres dueña de mi conocimiento! —le grité—. Me da igual lo que sepas, madre. Yo también quiero saber.

—Bueno, si insiste... —dijo Eirene.

Pero mi madre le hizo un gesto para que se callara.

—No os penséis que vosotras dos lo sabéis todo —apuntó—. Vuestro padre no tiene ni idea de que sois hijas suyas.

A mis hermanas se les borraron las sonrisas de golpe y yo sentí aquello como una pequeña victoria.

—Zeus y yo yacimos otra vez después de que Diké naciera, pero justo entonces se enteró de una profecía sobre un hijo que tendría con una titánide y que sería capaz de derrocarlo. Tuve que desaparecer para que no intentara evitar vuestro nacimiento. Por suerte para nosotras, yo no era la única, nunca lo fui. Vuestra prima, Metis, hija de Océano, había sido la última en acostarse con él y fue ella quien sufrió las consecuencias. Aunque al final no fue un hijo sino una hija, Atenea, la que salió de la cabeza de vuestro padre, decidí manteneros escondidas por si acaso. —Se volvió hacia mí y siguió hablando—: Y lo convencí para que te diera ese trabajo porque era el único modo de que todas pudierais participar en ello. Tuve una premonición que auguraba tu fracaso y en la que Zeus recurría a mí, como titánide de la justicia divina, para que lo aconsejara sobre alguien que te reemplazara... Lo que pasa es que no sabía que la ibas a fastidiar tan pronto. Y ahora les toca a ellas tener su oportunidad.

Se creó un ambiente raro justo después de sincerarse. Todas nos queríamos burlar de la otra, pero ninguna estaba en posición de decir nada. Y yo, aunque acabara de descubrir que mi madre me había escondido que tenía dos hermanas, me fui de Delfos un poco aliviada, satisfecha incluso, por no ser la única a la que ella había engañado. Nunca iba a conseguir que me quisiera, pero al menos entendí que no era culpa mía.

45

Fui de las últimas en conocer la profecía de la humanidad. Ya estaba aquí, en mi escondite, cuando escuché a mi padre hablar de ello con su esposa. Bueno, en mi primer escondite. Me he visto obligada a ir moviéndome.

—Zeus, tenemos que hablar.

—Me cago en todos los titanes, Hera, ¿qué he hecho ahora?

Cuando las charlas entre el rey y la reina del Olimpo empiezan así, una ya sabe que marcarán un antes y un después.

—¿Por qué te pones tan estúpido siempre que quiero hablar contigo? ¡Parece que me odies!

—¡Porque siempre quieres hablar cuando estoy estresado!

Si es que ¿cómo van a salir bien los humanos cuando los que gobiernan el mundo son así?

—¡Precisamente de eso quería hablarte! ¡Imbécil!

Zeus respiró hondo y cerró los ojos durante unos instantes. Se produjo un silencio que disminuyó el nivel de mal rollo en el Olimpo, pero no iba a ser suficiente.

—Me gustaría que me miraras cuando te hablo.

—Si es que es imposible...

—¿El qué es imposible?

—¡Tú! ¡Joder! ¡Dime de una vez qué quieres!

Hera estalló en un gran sollozo y comenzó a golpear a mi padre.

—¡Para! ¿Qué haces?

—¡No me quieres!

—¡Estás loca!

—¡Tú me vuelves loca! ¡Seguro que hoy me has engañado con alguna ninfa o vete a saber si con otra de nuestras hermanas!

Mira que nunca me ha caído bien la diosa Hera, pero hay que reconocer que si se le va la cabeza es por culpa de mi padre. Nadie es capaz de aguantar semejantes engaños y manipulaciones constantes. Así que no es justo que él no cargue con gran parte de responsabilidad.

—Hera, querida...

—¡No me llames «querida»!

Zeus resopló.

—No te he engañado con nadie. No me he movido de aquí en todo el día, dándole vueltas a lo de los humanos.

—Pero ¿cuándo vas a terminar? Llevas décadas con

esto. ¡Estoy de la profecía hasta las narices! Deberías pasar página.

—¿Crees que yo no estoy harto de todo esto? ¿Que no quiero pasar página? —preguntó Zeus con incredulidad—. Soy el primero que quiere olvidarse de toda esta mierda. Pero, para poder hacerlo, antes tiene que cumplirse la profecía en su totalidad.

—Y ¿qué es lo que falta? —preguntó Hera apretando los dientes—. Creaste a la primera humana, la entregaste a Epimeteo, esperaste a que se liberaran los males para castigar a Prometeo... ¡Ya está! ¿O no?

—No —respondió tajante—. Falta lo más importante: «... cuando los males se liberen, haz que caiga la peor de las aguas sobre los primeros. Pero cuida a los vástagos de los hermanos, pues de sus manos nacerán los nuevos de ambos sexos y el castigado observará el precio de su traición».

Hera extendió los brazos en un gesto de absoluta incomprensión y frustración.

—Pues ¿a qué esperas...? —dijo señalando al cielo—. Junta las nubes, prepara tus rayos y haz que llueva hasta que no quede ni uno. Hasta que no haya ni un pedazo de tierra sin inundar.

Zeus se llevó las manos a la cara, visiblemente agobiado por cómo le presionaba su esposa.

—Aún no puedo, Hera —respondió intentando mantener la calma—. Los vástagos..., Deucalión y Pirra, son demasiado jóvenes. No estoy seguro de que puedan sobrevivir. Y deben hacerlo para crear a los siguientes.

—Pero vamos a ver... es que me estás calentando ya. ¿En qué momento las Moiras dijeron que tenías que esperar a que estos dos crecieran? ¿Dónde? ¿En qué parte de la profecía dice eso?

Zeus soltó un breve gruñido de frustración.

—Me estás poniendo muy nervioso, Hera.

—¡Contesta!

—¡En ningún momento!

Su esposa dio una palmada acentuando el punto que estaba intentando marcar.

—¡Pues ahí está! ¡Es que no tiene ningún sentido lo que estás haciendo! La profecía sí menciona que tenías que esperar para castigar a Prometeo. Pero ¿en qué momento dice que tengas que enseñar a su hijo y a su sobrina a nadar? ¡En ninguno!

—¡BUENO, PUES ENCÁRGATE TÚ TANTO QUE SABES! ¡¿NO?!

—Créeme que ganas no me faltan, porque estoy de ti, de Pandora, del fuego y de los dichosos humanos... ¡HASTA EL MISMÍSIMO COÑO!

Zeus se abalanzó encima de ella, la agarró por el culo y la empotró contra una de las blanquísimas columnas de sus aposentos, quebrándola por completo, pero recomponiéndose al instante. La columna, digo. Fue repugnante. Nadie quiere ver a su padre así. Intenté apartar la mirada, pero entonces unas nubes oscuras como la noche se reunieron en el cielo a una velocidad escalofriante, opacaron por completo la luz del carro de Helios y cayeron las primeras gotas de lluvia.

—¿Así mejor?

—Mucho... mejor —respondió ella.

Acababa de comenzar el genocidio de los primeros humanos. Deucalión y Pirra tenían trece años. Y yo estaba aterrorizada.

46

La lluvia era suave, pero no se detenía. Ese era el engaño. Sutil, pero persistente. Cuando menos se lo esperaran, los humanos tendrían el agua al cuello. El problema era que a Deucalión y Pirra les iba a suceder lo mismo. No tenían ni idea de la que les venía encima. Clímene tampoco. Solo los perpetradores, yo y Prometeo, que gritaba con todas sus fuerzas con la intención de avisarles, aunque cuanto más lo hacía, más hondo le perforaba el águila. Yo también quería intervenir. Avisarles. Sin embargo, cada vez que me decidía a hacerlo recordaba las palabras de mi madre: «... por mucho que intervengas nunca lograrás cambiar el curso de la historia. Puede que incluso lo empeores». Y me lo pensaba dos veces, porque realmente podía empeorarlo, podía provocar la muerte de los únicos que debían sobrevivir. Así que, como dijo Hera, había que confiar en la profecía.

—La arena está desapareciendo, madre.

Deucalión estaba preocupado. Por mucho que no conociera más allá de esta isla, era consciente de dónde estaba.

—No te preocupes, hijo. Tarde o temprano dejará de llover y todo volverá a su sitio.

—¿Estás segura? —añadió Pirra.

No. Estaba igual o más asustada que ellos porque sabía que solo un dios podía estar detrás de esta incesante lluvia. Pero, aunque los niños ya no fueran tan pequeños, su tranquilidad dependía de ella. Y en ese momento se dio cuenta de que debía prepararlos.

—¿Qué dios se encarga de la lluvia?

—¡Zeus! —gritaron ambos.

—Eso es. Y ¿por qué creéis que está lloviendo tanto?

—¿Se ha olvidado de detenerla? —preguntó Deucalión.

—Es lo más lógico —añadió Pirra—. Como cuando vamos a por comida y nos distraemos jugando entre los arbustos.

Por muy seria que fuera la situación, Clímene no pudo evitar reír con disimulo. Aunque, pensándolo bien, es normal que los descendientes de titanes con graves problemas de memoria lo asociaran todo a eso.

—¿Y si os dijera que a Zeus nunca se le olvida nada? ¿Que todo lo hace por algo? ¿Qué pensaríais entonces?

Los dos se miraron igual de confusos, intentando averiguar lo que pensaba el otro para llegar al punto intermedio que iba a ser la respuesta correcta.

—¿Que está...?

—¿... enfadado? —terminó Pirra.

Deucalión asintió conforme estaba de acuerdo con la respuesta. La oceánide acercó sus húmedas manos a las suyas y las agarró con fuerza. No hizo falta más para que los vástagos obtuvieran su confirmación.

—¿Por qué está enfadado, madre? ¿Qué le hemos hecho?

—¿Qué pretende...? ¿Destruir la isla? —añadió Deucalión.

El miedo estaba apoderándose de ellos y Clímene no hizo más que sujetarlos mientras farfullaban y miraban a su alrededor. Al fin y al cabo tenían todo el derecho a sentirse así. No les iba a quedar otra opción que enfrentarse a su nueva realidad.

—Vosotros dos no le habéis hecho nada. Pero Zeus no es alguien a quien le preocupen los daños colaterales.

Siempre he pensado que Clímene sabía perfectamente que el objetivo de mi padre era ahogar a los humanos, pero creo que optó por no decírselo, al menos en ese momento, porque suficiente tenían ellos como para preocuparse de otra especie.

—¿Qué podemos hacer entonces? —preguntó Pirra.

Para poder responder a eso debía conocer las intenciones de Zeus, pero no estaba al tanto de ellas. ¿Hasta cuándo iba a permitir que lloviera? ¿Cuál era su objetivo?, ¿inundaría todo el mundo?, debía preguntarse. Pero cuando la incertidumbre es tan grande, prepararse para lo peor suele ser lo más sensato.

—¿Y si juntamos mucha tierra y creamos una montaña muy grande? Seguro que allí no llegará el agua —dijo Deucalión.

—Podéis hacer eso, si queréis. Pero debéis prepararos para sobrevivir en el agua.

—¿Sobrevivir? ¿Por qué lo dices como si nuestra vida corriera peligro?

—Nunca nos has querido enseñar a nadar porque decías que contigo a nuestro lado no hacía falta —añadió Pirra.

Y era cierto. Lo había dicho. Pero no por esa razón. Sino porque Clímene, al igual que Deméter, era plenamente consciente de lo peligrosos que eran los hombres, independientemente de su estirpe, pero, también, de su reino. Pirra se estaba convirtiendo en una joven muy hermosa y estoy bastante convencida de que la oceánide debió pensar que si podía evitar la presencia de su hija adoptiva en el reino marino, las probabilidades de ser secuestrada disminuirían considerablemente. Y aunque Deucalión no fuera a correr el mismo peligro, si le enseñaba a nadar a él, Pirra también querría. Así que les había dicho que no hacía falta que aprendieran con la excusa de que ella, al ser hija de Océano, podría protegerlos con facilidad, lo cual no era del todo cierto...

—Tienes razón, querida, sin embargo, las cosas han cambiado y si la lluvia no cesa, pronto todo será agua y necesitaréis saber nadar.

—Pero ¿es que entonces no estarás con nosotros? —preguntó Deucalión.

—Por supuesto que estaré. No me separaré de ti ni de ella en ningún momento. Os lo prometo.

Pero no fue así. A la mañana siguiente, Clímene y los vástagos se metieron en el agua para dar su primera clase de natación, pero en un momento dado la oceánide se hundió y no volvieron a saber de ella. Deucalión y Pirra entraron en pánico. Por suerte, no se habían adentrado demasiado y pudieron salir del agua por su propio pie. ¿Qué había sucedido? ¿Dónde estaba? ¿Los había abandonado aun habiéndoles prometido lo contrario? No. Al parecer, había alguien muy interesado en que Zeus fracasara. Alguien que ya había mostrado un odio profundo, no solo al dios, sino también a los humanos. Y vio la oportunidad de boicotear el nacimiento de una segunda generación de estos secuestrando a la única que podía hacer que los nuevos padres de esa estirpe sobrevivieran al diluvio. El eterno segundón del Olimpo. El dios del mar: Poseidón. Eligió el momento perfecto para hacerlo. Océano, el padre de Clímene, estaba extasiado viendo como la lluvia lo engrandecía, sin prestar atención a nada más que a él mismo. Y Zeus, que debía estar vigilando a Deucalión y Pirra, decidió aliviar su estrés de la única manera que sabía. Pero, en su búsqueda de ninfas, vio a su hermana, Deméter, caminando por el bosque visiblemente nerviosa y decidió investigar qué estaba tramando. Ojalá no lo hubiera hecho.

47

Antes de que a Zeus le entrara la neura de crear a los humanos, la diosa Deméter fue violada por Poseidón y por el mismo Zeus. Sí, por sus propios hermanos. El dios del mar la persiguió hasta la saciedad y la diosa de la vegetación intentó despistarlo transformándose en una yegua, pero Poseidón se convirtió en un caballo y la atrapó. Fruto de esta violación, Deméter parió a Arión, un caballo con cualidades divinas, y a una hija, cuyo nombre se mantiene en secreto, al igual que su ubicación. Así lo quiere la diosa y así será. Cuando, después de esto, Zeus hizo lo mismo con ella, Deméter también se quedó embarazada de una niña, Kore, e intentó hacer lo mismo que con la anterior. Protegerla de todos los hombres. El motivo por el que a partir de entonces Deméter ya no pasaba tanto tiempo en el Olimpo no era solo para no estar cerca de sus agresores y del resto de su familia, cómplices por mirar hacia otro lado, sino porque quería mantener el embarazo en secreto. Cuando dio a luz a la pequeña nueva diosa, la escondió en una cueva remota, custodiada por los dos dragones que Deméter poseía, y cada día iba a visitarla para asegurarse de que estaba bien. Sin embargo, aquel día, Zeus vio a Deméter muy asustada porque la lluvia estaba sumergiendo poco a poco el monte en el que se escondía su hija. Mientras que el reino de Poseidón se engrandecía, el suyo se iba haciendo más y más pequeño. El agua ahogaba sus queridos vegetales y era cuestión de tiempo que llegara hasta la cueva y tuviera que trasladar a su hija. Pero... ¿adónde? Eso iba a investigar cuando Zeus lo descubrió todo. Solo tuvo que seguir el rastro de su hermana y enseguida vio la entrada de la cueva protegida por los dos dragones.

—¿Qué tienes ahí, hermanita?

Mi padre esperó a que se hiciera de noche, se transformó en una serpiente y se arrastró sigilosamente entre los dos guardianes, que no se dieron cuenta de la intrusión. Al entrar, se topó con una joven de una belleza extraordinaria que dormía profundamente. Creo que supo que esta muchacha era hija suya. ¿Por qué iba a esconderla allí, si no? Al parecer... para mi padre no fue suficiente motivo como para no dejarla embarazada. Eso sí, Kore no se enteró de nada. Mi padre no siempre recurría a la violencia para tener descendientes. Había veces en las que con un solo toque le bastaba. Y eso hizo con mi nueva hermanastra. Se estiró al lado de ella en su forma serpentina y con un simple roce la preñó. Me siento idiota al recordar todas las cosas terroríficas y repugnantes que he visto con mis propios ojos y que no he intentado evitar. Por eso no le dije a la pobre Deméter que la criatura que su hija Kore llevaba en el vientre era de su propio padre. No iba a entender ni cómo lo sabía ni por qué no hice nada.

Además, la situación todavía estaba a tiempo de empeorar de muchas maneras... Lo descubrió cuando Zeus le arrebató el niño nada más nacer. Zagreo, ese era su nombre, y digo «era» porque su esposa liberó a los titanes, mi familia, del Tártaro para que treparan por el Olimpo y asesinaran al pequeño. A cambio, la diosa del matrimonio les ofreció libertad eterna. Hera sabía perfectamente que mi padre iba a fulminarlos antes siquiera de que pudieran bajar del monte. Y así fue. Los titanes asesinaron al hijo de Kore y Zeus, devorándolo por completo. Solo dejaron el corazón, que recogió Atenea y se lo entregó a Zeus haciéndolo conocedor de lo sucedido. A mi padre no solo le dolió la pérdida porque fuera hijo suyo, sino porque el pequeño Zagreo, en su primer día en el Olimpo, había escalado el trono de Zeus, se había sentado en él y había blandido el temible trueno. Era el heredero al trono olímpico y mi padre podía adiestrarlo por si algún día quería descansar. Aunque es probable que esa inesperada necesidad de un sustituto fuera solo fruto del miedo a que Prometeo tuviera razón y llegara el día en el que los humanos acabaran con los dioses. De ser así, mi padre no iba a querer estar en el trono. No podría soportar la idea de sufrir la misma suerte que su padre y su abuelo.

Todo esto sucedió desde el secuestro de Clímene hasta mi presente, por gracia de las Moiras. Porque si llega a pasar justo cuando Deucalión y Pirra luchaban por sobrevivir, Zeus no habría tenido tan claro lo de la segunda generación de humanos.

—¡Pirra! ¡Aguanta! —gritaba el hijo de Prometeo.

Estaban cogidos de la mano. Ella en el agua, él en el único punto de la isla que aún no se había sumergido. La corriente era muy fuerte. Sus manos resbalaban. Se temían lo peor, pero no se atrevían a decirlo. Se quedaron en silencio mientras que por dentro gritaban a su madre para tener la excusa de que si no aparecía era porque no podía escucharlos. En ese momento aparté la mirada de los vástagos. Su final era claro e inevitable. Las profecías no se equivocan, pero debía haber algo entre líneas que nadie había entendido. Hasta que lo vi. Avanzando a una velocidad imposible, a contracorriente, como si el mismísimo Caronte hubiera salido del inframundo con su barca para rescatarlos. Pero no era el barquero de los muertos, sino Epimeteo. Remaba con su titánica fuerza encima de una balsa de madera.

—¡Subid! —gritó.

No esperaban oír a nadie y del susto se soltaron, pero Epimeteo agarró a su hija por el brazo y Deucalión llegó a la embarcación de un brinco. Los tres se abrazaron. Lloraron. Lloré. Y Pandora, seguro que también. Su esperanza los hizo aguantar hasta el final y, solo por eso, el castigo que le impuso Nix ya valió la pena.

—Sé quiénes sois —dijo Epimeteo—. Sé que he construido esta balsa con la madera de lo que un día fue una hamadríade, pero no sé cómo he llegado hasta aquí. Ni siquiera sabía que estabais en peligro, hubiera venido antes...

—Has llegado a tiempo, padre —lo interrumpió Pirra abrazándolo aún más fuerte.

—¿Dónde está Clímene? —preguntó Epimeteo separándose de ambos.

—No lo sabemos.

—Desapareció en el agua.

El titán suspiró, pero no mostró ni un atisbo de inquietud.

—No os preocupéis, es hija del mar. Saldrá de esta. ¡Debemos remar!

—Pero ¿hacia dónde? —preguntó Deucalión.

—¡Debe estar todo inundado! —exclamó Pirra.

Epimeteo recogió el remo y comenzó a remar.

—Por mucha lluvia que caiga, hay un rincón que nunca quedará sumergido. Un lugar ajeno a cualquier ataque divino. Un sitio más importante que cualquier dios. La tierra sagrada madre de todas las profecías. Donde aún descansa la roca que salvó a Zeus de ser engullido por su padre, el ónfalo. El centro del mundo.

Delfos. El hogar de mi madre. Ella iba a ser un factor clave para la misión de los vástagos. Y qué rabia me dio eso.

48

Como dijo Epimeteo, el único lugar que se iba a librar de la inundación iba a ser Delfos, aparte del Olimpo, claro está. La lluvia caía a su alrededor, pero ni una gota llegaba a tocar esas tierras. Y entre el hogar de los dioses y la tierra de mi madre, por mucho que no iba a ser bienvenida en ninguno de los dos lugares, escogí el centro del mundo. Principalmente para poder ver mejor lo que iba a suceder.

Había cambiado. Un templo casi desnudo cubría a mi madre. Solo era un techo sujetado por seis inmensas columnas de un color azul y rojo. La parte superior era dorada, con una larguísima serpiente verde con manchas negras que rodeaba el borde del tejado. Intimidaba. También me fijé en que había muchas piedras en el arenoso suelo, pero en ese momento no le di importancia. Me escondí entre los arbustos, cerca de ella. Estaba sola, no había ni rastro de mis hermanas. Pensé que se habrían ido. Lo celebré para mis adentros, pero me precipité.

—¿No hay otros sitios donde esconderse?

Estaban justo detrás de mí.

—Apártate, que nos tapas —susurró la otra.

—¿Qué hacéis aquí? ¿No deberíais estar encargándoos de los humanos?

—¿De cuáles, exactamente? —preguntó Eirene con sarcasmo.

—¿Es que han muerto?

Enseguida me sentí estúpida por hacer esa pregunta. Era obvio. No quedaba tierra en la superficie que sobresaliera del mar, más allá de esta. Pero habían sucedido demasiadas cosas, más interesantes que lo que sea que hicieran los humanos, y nunca les acabé de prestar atención. Mis hermanas se rieron en silencio.

—Menos mal que los nuevos dependerán de nosotras —murmuró Eunomía.

—Es una pena que te lo hayas perdido, Diké. Ha sido espectacular. Con decirte que el único que ha muerto por el diluvio ha sido Pyrarcos...

—¿A qué te refieres? —pregunté confusa—. ¿Es que los demás no han muerto?

Se miraron con complicidad. Con la misma sonrisa maliciosa de cuando nos conocimos dibujada en su rostro.

—Joder si han muerto...

—«¡El dios Zeus está enfadado! ¡Tenemos que suplicar su perdón!» —exclamó Eunomía haciendo una imitación—. ¿Te acuerdas de que gritaba eso?

Su hermana asintió disimulando la risa para que nuestra madre no la oyera.

—¿De quién estáis hablando?

—De Pyrarcos, querida. Ese humano al que tanto cariño le tenías... ¿Cómo lo llamabas? ¿Rama?

—Piedra —le corregí.

—Ah, sí... Rama fue el primero. Espero que tengas mejor ojo para elegir marido.

Desde bien pequeña tuve claro que no iba a emparejarme con ningún hombre. Nunca. Y no solo porque no pudiera soportar la idea de tener descendencia, sino porque tampoco quería estar cerca de ningún hombre. Pero eso ellas no tenían por qué saberlo.

—¿Qué ha hecho Pyrarcos? —insistí.

—Todos los humanos entendieron que ese diluvio era obra de Zeus y llegaron a la conclusión de que estaba enfadado con ellos.

—Hay que reconocer que eran listos —apuntó Eirene.

—En su momento, Prometeo les explicó que siempre que comieran animales debían ofrecer los huesos y la grasa de estos a los dioses, en un altar —siguió Eunomía—. Y Pyrarcos tuvo la brillante de idea de asesinar a algunos de sus hermanos y ofrecer sus cuerpos, enteros, a Zeus. Pensaba que así obtendrían su perdón.

Me llevé las manos a la cabeza.

—Pero... —añadió Eirene—, al ver que no daba resultado, en vez de probar con otra cosa, los convenció a todos de que debían seguir intentándolo. Y lo hicieron, hasta que solo quedó él. Él no se mató, suplicó a Zeus por su perdón, pero no recibió respuesta alguna. Se ahogó. Fue el único humano que murió en el diluvio.

—Espero que Prometeo sea consciente de que él es responsable de sus muertes —dije fría como el hielo.

Mis hermanas intentaron hablar, pero me adelanté.

—Él quería que evolucionaran, que se acercaran a la sabiduría de los dioses porque creía que el conocimiento les otorgaría felicidad. Pero intentar entender todo lo que te rodea no te otorga más placer que el que puede obtener un ciervo que ignora lo que no necesita saber. Si bien los dioses lo saben todo y vivirán eternamente, no hay seres más desdichados que ellos. Intenté avisarlo sin demasiado éxito: se creyó más sabio de lo que realmente era y ahora le toca lamentarse de sus decisiones.

Me quedé a gustísimo. Por lo que dije y porque no supieron qué contestar. Pero el silencio duró poquito. El sonido de unos pasos se acercaba. Miré entre las hojas de los arbustos y ahí estaban ellos.

—Mi padre ha dicho que es aquí —dijo Pirra señalando las coloridas columnas.

—Esto está lleno de piedras —se quejó Deucalión intentando no pisar ninguna con sus pies descalzos.

Cuando vio a mi madre, agarró a su hermana por el brazo.

—Es ella.

—¿Nos está mirando? —preguntó Pirra.

—No lo sé.

—¡Acercaos! —exclamó mi madre.

Ambos retrocedieron del susto.

—No sé si estoy preparado.

—Mi padre ha dicho que no tenemos otra opción.

—Podemos quedarnos aquí, Pirra. Para siempre. Sin hacerle la pregunta.

—No —dijo ella tajante—. Si no te atreves, se la plantearé yo. Pero mi padre nos ha rescatado y traído hasta aquí para esto. Debemos hacerlo por él, por tu padre y por la humanidad.

Casi digo algo. Pero me contuve. Mi intervención podía haberlo cambiado todo, o empeorado, según mi madre. Aunque en ese momento me pregunté: ¿empeorar para quién? Pirra avanzó decidida. Deucalión la siguió. Se detuvieron enfrente de mi imponente madre. Sus respiraciones se aceleraron. La hija de Epimeteo entrelazó los dedos con los de su primo y se miraron.

—Os escucho —dijo la titánide de la justicia divina.

—Poderosa Temis —habló Pirra—, ¿cómo podemos repoblar la tierra de humanos?

—Descendientes de los olvidadizos, prestad atención a mis palabras pues solo las pronunciaré una vez. No los creéis con vuestros cuerpos. Tampoco invoquéis ni al agua ni al aire ni al fuego. Cubríos las cabezas y arrojad a vuestras espaldas, sin mirar atrás, los huesos de vuestra madre. En ellos duerme la estirpe humana y allí donde toquen tierra, caminarán de nuevo los mortales.

49

Estuvieron a punto de rendirse varias veces. Eran demasiado jóvenes. Habían vivido poco y acumulado pocas experiencias para ser capaces de descifrar una profecía.

—Mi madre no tiene huesos ni puede morir, es una oceánide —dijo Deucalión.

—La mía sí, pero no ha muerto. La estoy viendo —añadió Pirra señalando al cielo.

—Pero no se refiere a tu madre. La profecía decía «vuestra madre». O sea, nuestra. De los dos. Así que tiene que ser la mía, porque se convirtió en la tuya al adoptarte. ¿Tiene sentido lo que digo?

—Sí. Pero no tiene huesos. Y tampoco está muerta.

—Que sepamos...

—¡Deucalión! ¡No digas eso!

—¿Qué? Es verdad. Desapareció y no hemos vuelto a saber de ella. Quizá le haya sucedido algo... o le hayan hecho algo.

El hijo de Clímene intentaba hablar con indiferencia, pero apretaba los labios para evitar que le brotaran lágrimas de los ojos.

—¿De verdad lo crees? —le preguntó Pirra asustada.

Deucalión se encogió de hombros y, ahora sí, lloró. Ella también. Sentí mucha pena. Yo seguía en los arbustos. Sola. Mis hermanas se habían marchado, cansadas de esperar y convencidas de que nunca lo lograrían. Pero yo tenía esperanza. No había prisa, ellos dos estaban a salvo y los primeros humanos en el fondo del mar. Eran invulnerables al tiempo.

—Por lo menos nos ha dejado claro lo que no debemos hacer —dijo Deucalión.

Pirra se rio. Yo también.

—¿Te imaginas que llegamos a...?

—¡Ay, no!

Rieron de nuevo.

—Es extraño que no necesitemos de ningún elemento para que nazcan los nuevos —apuntó Deucalión.

—¿Elemento?

—«Ni al agua ni al aire ni al fuego.» Lo que nos contó madre de que el agua mojó la tierra y con ella mi padre dio forma a los humanos. Que Atenea les insufló aire para darles vida y que al final mi padre robó el fuego olímpico para que evolucionaran. ¿Te acuerdas? Agua, aire y fuego.

—¡Y tierra! —gritó Pirra—. ¡Tierra! El agua mojó la tierra. Temis no ha mencionado ese elemento.

—Bueno, se le habrá olvidado.

Deucalión no entendía muy bien la euforia de su prima.

—¡Imposible! Las profecías no se olvidan ni se equivocan. Todo tiene un porqué. Nos lo ha dicho mi padre.

—Vale, pero ¿qué más da que no haya dicho tierra? Seguimos sin entender lo de los huesos.

—¡Madre Tierra!

Ese momento... Oh. Esas palabras juntas. La cara de Deucalión al darse cuenta de que la madre de la profecía era la de todos. Gea, la tierra, hija del mismísimo Caos.

—¿Y los huesos?

—¿Árboles? —respondió Pirra observando a su alrededor—. No hay. Solo arbustos y...

—¡Piedras! —exclamó Deucalión—. ¡Por eso hay tantas!

Ambos brincaron eufóricos y se abrazaron. Quería celebrarlo con ellos, pero me conformé con imaginármelo. Caminaron hasta el borde del acantilado y cada uno eligió un recorrido que no entorpeciera al otro.

—«Cubríos la cabeza» —citó Pirra—. Con nuestra ropa.

Deucalión asintió y se desvistieron para colocarse la túnica encima de sus cabezas.

—«Arrojad a vuestras espaldas, sin mirar atrás, los huesos de vuestra madre» —añadió Deucalión.

Cada uno recogió una piedra y avanzaron varios metros para que al lanzarlas no cayeran por el precipicio.

—Espera —dijo Pirra—. ¿Crees que los nuevos humanos serán mejores que los otros?

—Nos encargaremos de ello.

—¿Cómo?

—No nacerán aprendidos. Los educaremos como nuestra madre, Clímene, nos ha educado a nosotros. Con respeto, amor y sin hacer enfadar a los dioses.

—¿Crees que somos buenos? Tú y yo —preguntó Pirra.

Deucalión asintió convencido. Yo, en cambio, desde mi posición, negué con la cabeza. No porque fueran malos sino porque eran demasiado jóvenes. Se les obligó a tomar una decisión que iba a cambiar el mundo y a todos los seres que lo habitaban, a una edad muy temprana. No es responsable concederle tanto poder a alguien que aún no ha desarrollado su cuerpo y su cerebro del todo. Pero precisamente por eso se les dio ese cometido. Porque no iban a pensarlo demasiado. Con la mirada al suelo, los vástagos lanzaron su primera piedra. Sin mirar atrás, recogieron otra, avanzaron unos pasos y lanzaron la segunda. Repitieron este procedimiento hasta que no quedó ni una sola piedra por usar. Entonces cruzaron las miradas, entrelazaron las manos y se dieron la vuelta esperando encontrarse el suelo lleno de humanos mucho más jóvenes que ellos. Pero no. Eran como ellos. A su imagen y semejanza. De las piedras de Deucalión habían surgido hombres y de las de Pirra mujeres. Las primeras humanas nacidas de la tierra y en igualdad de condiciones que los hombres. Pero en un mundo gobernado por uno de ellos, ¿quién podía asegurarse de eso?

50

Un hijo quiere ser como su padre. Y cuando no lo tiene, busca referentes donde puede. Deucalión, al cumplir las indicaciones de mi madre, tuvo centenares de hijos e hizo lo que pudo. Pirra también. Pero era cuestión de tiempo que los nuevos humanos supieran de la existencia del todopoderoso Zeus y los hombres vieran en él un modelo a seguir. Al fin y al cabo, la idea de ser inmortal, respetado y temido por casi todos y gobernar el cielo y la tierra, puede ser algo atractivo para lograr. Especialmente para unas criaturas que ya estaban contaminadas por el fuego olímpico y las hijas de Nix. Siempre hay quienes intentan diferir de la opinión del resto, huir de lo *mainstream*... y los hombres de la segunda generación no iban a ser menos. Eso sí, pero en vez de idolatrar a mi padre, admiraban a Poseidón o a Ares, que tampoco es que fueran mucho mejores. Con el tiempo nacieron más dioses: Apolo, dios de la música; Hermes, dios de los ladrones y mentiroso como ninguno; Dioniso, dios del vino y de la fiesta, que por muy poco no llegó a nacer ya que su madre murió cuando estaba embarazada de él. Pero Zeus salvó la vida del pequeño Dioniso al trasplantarle el corazón de Zagreo, que había guardado hasta entonces. De todas formas, ninguno de ellos se convirtió en ejemplo de nada. Ni siquiera Hades, que secuestró a su sobrina Kore y la convirtió en la diosa del inframundo, Perséfone. Lo que le faltaba a ella y a la pobre Deméter. Las mujeres humanas también tuvieron que buscar sus referentes. Al principio vieron en la diosa Hera un modelo a seguir, pero al descubrir cómo sus maridos las engañaban, víctimas de la presión estética, empezaron a adorar a la diosa de la belleza, Afrodita, con la esperanza de poder ser bendecidas con una pizca de ella para que sus esposos las amaran de nuevo. Las disidentes, mis favoritas, hartas de los hombres, optaron por las olímpicas vírgenes, como Atenea o Artemisa, diosa de la caza y hermana melliza de Apolo. Sin embargo, la virginidad de las humanas no era respetada como la de las diosas, y los propios olímpicos, o incluso los hombres humanos, las violaban sin miramientos. La humanidad se extendió como una plaga y llegó a lugares que nunca antes había pisado, arrasando y domesticando a toda criatura con la que se cruzaban. Yo siempre he vivido alejada de ellos, cuando comenzaron a expandirse tuve que retirarme a las montañas, lejos de su alcance, en mi escondite, desde el cual podía verlo todo, o casi. A medida que fueron reproduciéndose, se acercaron cada vez más y tuve que buscar otros montes más altos, más hostiles. Pero ya están aquí y solo hay un monte al que los humanos no se atreven ni a acercarse. Ahora estoy de rodillas enfrente del trono de mi padre. Él está sentado, mirándome con desdén.

—Por lo menos, esta vez no has hecho nada. Te lo agradezco, hija.

Su comentario me duele más por el tono irónico que por lo que dice.

—De nada —respondo.

No pienso entrar en su juego.

—Ahora el diluvio tendría que durar mucho más si quiero exterminarlos, ¿eh? —dice entre risas.

—Son muchos, sí.

Y sonrío brevemente para quedar bien. Al fin y al cabo he venido a pedirle un favor.

—Pero son más divertidos que los primeros. Y más manipulables. He visto a un príncipe... Uf, cuando lo pille. Se llama Ganimedes. No se lo digas a Hera.

Me guiña un ojo.

—Claro que no, padre.

—Es broma, puedes decírselo. Solo le molesta cuando me follo a mujeres, de la estirpe que sea, pero mujeres. Con los hombres no es celosa. Quizá porque no los puedo embarazar —añade pensativo.

—Quizá —le digo.

—¿Vas a decirme por qué has venido? ¿O tengo que seguir sacando temas de conversación?

No esperaba esta pregunta. No sé cómo decirlo. Es todo muy frío. Pensaba intentar caerle bien antes de...

—Quiero vivir aquí —suelto—. O sea, perdón. Quiero decir... ¿puedo? ¿Vivir aquí? Por favor, padre.

Zeus hace un chasquido con la lengua y se lleva una mano a la barbilla.

—¿Por qué?

—No quiero vivir con los humanos.

Me mira con extrañeza, aunque no consigo averiguar si se está burlando de mí.

—Pensaba que te gustaban mucho. Que querías protegerlos y no sé qué más.

Trago saliva e intento responder de la manera menos pasivo-agresiva posible.

—Eso era antes. Cuando aún había esperanza en redirigirlos.

—Esperanza hay, hija mía.

Ahora sí que lo ha dicho con sorna.

—Pues a mí no me debe caer la suficiente, padre.

Le he respondido demasiado brusco. Mierda.

—Entiendo... Pues ya hablaré yo con Pandora para que sea más generosa contigo, porque aquí no hay más sitios libres, lo siento.

Y se levanta.

—¡Por favor! —le suplico agarrándolo de los tobillos.

—En el Olimpo hay doce sillas. Están todas ocupadas.

—¿Doce? A Dioniso lo hiciste olímpico.

—Porque Hestia renunció. De lo contrario, no lo sería.

Mentira. No me creo que renunciara. Dioniso lleva el corazón de Zagreo, el heredero que no llegó a serlo. Puede que Zeus echara a su propia hermana del Olimpo con tal de tenerlo allí.

—¿No puedo quedarme como criada? ¿No necesitas a nadie?

—¡He dicho que no! —grita mi padre—. Además, no puedo justificar tu presencia. Todo lo que tocas lo arruinas, ningún olímpico aprobaría tu entrada.

—Pero eres tú quien manda.

—Yo sería el primero en vetarte, hija.

No soy capaz de soportar tanta humillación.

—Entonces... —Hago una pausa para controlar el sollozo—. No quiero seguir viviendo, padre.

—¿Qué cojones dices?

—No quiero vivir en el reino de los humanos y no me dejas vivir en el de los dioses, así que quiero ir al de los muertos.

—No digas estupideces. Aparte, ahí también hay humanos.

Mierda. No había pensado en eso.

—Por favor, padre... ayúdame.

Zeus respira hondo y alza la mirada al cielo.

—Quizá haya algo que pueda hacer por ti. Estarás tan lejos de los humanos que serás inalcanzable, pero los podrás ver y ellos a ti, aunque solo por la noche. Perderás tu cuerpo y jamás podrás moverte, pero te mantendrás viva para siempre. Y con eso no me refiero a que seguirás siendo inmortal, sino a que serás eterna, sin importar lo que suceda.

No he entendido nada, pero es exactamente lo que quiero. Un escondite desde el que poder verlo todo sin correr peligro alguno.

—¿Quieres eso? —añade.

—Sí, por favor —respondo con firmeza.

—Está bien.

Mi padre chasquea los dedos y me elevo. Asciendo despacio, hasta donde ninguno de los míos ha conseguido llegar. El cielo me abraza y me hace un sitio al lado de un resplandor frío, como una joya olvidada en el firmamento. Siento mi piel estirarse y romperse, pero no duele. Mis ojos ya no están donde siempre, sino en todas partes de mí. Me observo y me doy cuenta de que mi cuerpo se ha transformado en puntos de luz. Helios llega al final de su recorrido y la noche me atraviesa, pero no me borra. Siento que me nombra. Me ensalza. Mi luz se multiplica y veo como todos me miran. Mi padre, los olímpicos, los humanos... Ya no estoy escondida. Me ven. Me admiran, y eso me hace sentir bien. Pero no estoy sola. Me rodean más como yo, cada una con su propio brillo, todas ellas igual de resplandecientes. Son mis nuevas hermanas. Me siento bienvenida. No creo que nadie sepa quién soy, ni que recuerden quién fui, pero tampoco lo necesito. Mi felicidad no reside en ser conocida, sino en ver un mundo justo. Es curioso... Pandora vuela por debajo de mí, repartiendo esperanza, y, aun así, siento que entre esos humanos habrá mujeres y hombres que no se dejarán llevar por las ambiciones individuales. Que sus aspiraciones no serán la inmortalidad, el éxito y el poder. Sino... la calma. El deseo de compartir, no de poseer. De cuidar, no de conquistar. De recordar, no de repetir. No espero que un gran cambio suceda mañana ni en un año ni en cien. Pero las palabras y acciones de estos humanos serán semillas que algún día florecerán. Y, quién sabe, quizá llegue el día en el que los humanos se den cuenta de que no hay valor alguno en ser un dios. Al fin y al cabo, son los dioses los que necesitan a los humanos. No al revés. Por si acaso, seguiré brillando cada noche para recordárselo.

AGRADECIMIENTOS

A Gonzalo Rute por su gran trabajo de edición, sus consejos y su predisposición. A todo el equipo de Temas de Hoy y de Planeta de Libros por seguir apostando por mí y, en especial, a Andrea Bescós y Narcís Figueras por estar pendientes en todo momento y adaptarse a mi trepidante *timing* de entregas. A mi agente literario, Jordi Ribolleda, por facilitarme la vida y hacer que solo tenga que preocuparme de escribir, y a todo IMC Agency.

A mi familia. A mis gatos por no pisar el teclado cuando dejaba el documento abierto. A mis perras, Kaira y Cheska, a las dos, aunque ya solo me acompañe una, porque fueron ambas las que me obligaron a adentrarme en el bosque que tanta magia me ha dado. A mi maravilloso hijo siempre, que a ratos ha jugado a mi lado mientras yo escribía esta novela, y a mi queridísima Neus, que nunca se cansa de leerme y escucharme, y me siento muy afortunado por ello. Os quiero como si el dios Eros hubiese gastado todas sus flechas en mí. La esperanza en la humanidad me la dais vosotros.

Y a ti, que me lees. Si es la primera vez, gracias por escoger esta historia entre los billones que existen, y si no, gracias de nuevo y espero poder agradecértelo también en el siguiente.

POL GISE

Pol Gise es un actor, guionista y *youtuber* catalán especializado en mitología. Entre sus redes suma más de 3.000.000 de seguidores. De sus proyectos destaca *Salseo Griego*, la serie de YouTube en la que Gise explica el origen de la mitología griega recreando diálogos de los dioses en clave de humor, y *Chisme Mitológico*, un pódcast en el que cuenta todos los mitos griegos de manera cercana y distendida como si de un amigo se tratara. En *Hades, el dios menos malo* (2023) nos presentó la autobiografía del señor del inframundo y en *Hércules, el héroe que no quiso serlo* (2023) nos relató las desventuras del hijo más famoso de Zeus. Con *Sísifo, el hombre que engañó a la muerte* (2024) cerró su trilogía mitológica. *Pandora, el destino de la humanidad* (2025) es su última novela.

temas de hoy